# Iris Abravanel

RECADOS
DIS
FAR
ÇA
DOS

# Iris Abravanel

# RECADOS DISFARÇADOS

DIS
FAR
ÇA
DOS

Companhia
Editora Nacional

**Edição** Solange Monaco
**Preparação de texto** Soraya Leme
**Revisão** José Batista de Carvalho
**Capa e projeto gráfico** Karina Monteiro

**Dados Internacionais de Catalogação na Publicação (CIP)**
**(Câmara Brasileira do Livro, SP, Brasil)**

Abravanel, Iris
Recados disfarçados / Iris Abravanel. --
São Paulo : Companhia Editora Nacional, 2010.

ISBN 978-85-04-01702-1

1. Crônicas brasileiras I. Título.

10-11020 CDD-869.93

Índices para catálogo sistemático:
1. Crônicas : Literatura brasileira 869.93

1ª edição – São Paulo – 2010

Companhia Editora Nacional

Av. Alexandre Mackenzie, 619 – Jaguaré
São Paulo – SP – 05322-000 – Brasil – Tel.: (11) 2799-7799
www.editoranacional.com.br editoras@editoranacional.com.br

# Sumário

# Prefácio

Quando a Iris pediu que eu lesse as crônicas que havia escrito para a revista *Contigo*, uma das primeiras lembranças que me arrebataram, quando terminei de ler, foi a de um livro de João do Rio, Imortal da Academia Brasileira de Letras aos 29 anos, marco divisor entre a antiga e a moderna crônica entre nós: *A alma encantadora das ruas.*

O escritor carioca passeava pelo encanto das ruas; Iris, pelo encanto das almas. E, nos escritos dela, descobrimos que sua encantadora alma tem várias almas. A alma das filhas adolescentes com seus problemas que precisam ser apreendidos e aprendidos; a alma da dor; da dúvida; dos vários encantamentos do dia a dia; do amor; do respeito; da fraterna convivência; da magia dos natais.

As muitas almas que tornam viva a encantadora alma do ser humano, a sua, a minha, a outra minh'alma, a outra sua, as muitas almas nossas, todas elas, percebidas e descritas por Iris, de uma forma doce, sem dedos apontados, sem culpas ou jugos.

Há nessa alma encantadora das almas recados disfarçados de ensinamentos vividos e depurados; experimentados pela vida, e repassados após um meigo controle de qualidade.

Iris escreve de forma simples, fácil de ter as suas almas assimiladas por almas similares, com os mesmos problemas e carências. É correta. Nada de floreios, rebuscamentos literários, soberbas ou arrogâncias. São textos bons e diretos. O que ela tem a dizer, o faz com espontaneidade, da mesma forma que fala.

Situando-se na tênue divisa entra jornalismo e literatura,

a crônica corre sempre o risco de pecar pelo excesso de jornalismo ou de literatura. Iris dosa esse pecado com uma naturalidade digna de quem tem perfeito domínio dos dois pratos dessa balança. Seu fiel está sempre apontado para a sinceridade, para a verdade. Narra jornalisticamente o que vivenciou, de forma literária. E essa é a função precípua da crônica. Mas ela acrescenta um terceiro ingrediente: a meiguice da alma feminina.

*Recados disfarçados* é uma coletânea de crônicas gostosas de serem lidas, nas quais a emoção e a experiência são a tônica. Nelas percebemos a alma encantadora da Iris, explodindo em diversas almas com competência e humildade. Chegando de forma decisiva até cada uma de nossas múltiplas almas, que, certamente, não mais serão as mesmas.

Para mim é uma honra poder estar dentro do livro de crônicas de Iris Abravanel.

***Caio Mario Britto***
***Jornalista***

# Estranhas sensações

"Nunca havia sentido nada parecido, eu estava sofrendo e não tinha condições de saber o motivo"

Num dia normal durante a semana, acordei após uma noite de sono bem-dormida. Estava descansada e tranquila, mas, logo após me levantar, comecei a sentir uma certa inquietação.

Tinha a nítida impressão de que todas as minhas obrigações, tarefas e responsabilidades estavam se acumulando e que tudo estava totalmente fora do meu controle.

"Jamais conseguirei dar conta de tudo que tenho para fazer" – pensei.

Uma angústia começou a se apoderar de mim. Sentia um aperto no peito, uma sensação desconfortável e estranha. Na realidade tudo estava bem e correndo dentro do normal.

Comecei a me preocupar com coisas que normalmente não me preocupam. Senti medo, mas não sabia exatamente do quê. Procurei respirar fundo e relaxar, mas não adiantou.

Nunca havia sentido nada parecido. Eu estava sofrendo e não tinha condições de saber o motivo. Meu espírito estava perturbado por uma porção de incertezas e pelo medo. A aflição foi piorando à medida que eu sentia aquela agonia intensa, aquele tormento.

"Meu Deus" – pensei –, "eu não sou e nunca fui assim. Sempre fui alegre, otimista e com ótimo astral. Por que estou me sentindo desse jeito?"

De repente, como num estalo, percebi que estava tendo um ataque de ansiedade. É uma coisa horrível. Muitas pessoas já haviam me falado sobre ansiedade, mas nunca pude imaginar o quanto era oprimente.

Mas o que fazer, numa hora dessas, eu mesma não sabia. Procurei então saber tudo a respeito do que estava ocorrendo comigo naquele momento. Não queria que aquele sentimento se tornasse crônico nem gostaria de senti-lo outra vez.

Sem saber exatamente por onde começar, para variar, consultei o dicionário. Lá estava: "Ansiedade – receio sem objeto ou relação com qualquer contexto de perigo e que se prende, na realidade, a causa psicológica inconsciente".

Ah! Que maravilha! E agora? Se as causas são inconscientes, como é que eu vou descobri-las?

Mas, pensando bem, é óbvio que nos dias de hoje, com tantas informações negativas e pessimistas, meu inconsciente deveria estar recheado de todas elas.

Quais as incertezas que mais podem nos afligir hoje em dia e que, apesar de não nos darmos conta, estão fixadas lá no fundo de nossa cabeça?

Será que vou ser assaltada? E se meu carro sofrer uma colisão? Que farei se ficar doente? E se minha filha se casar com um cara inútil ou mau-caráter? Que farei se meu marido me trair? Será que devo fazer um *check-up*, por causa dessas dorzinhas que sinto? Não será uma doença grave? E se eu perder o emprego?

Pudera! Com todas essas "cacas" dentro de nossa cabeça, seria até de se estranhar se não fôssemos atacadas pela ansiedade, uma vez ou outra.

Mas como elas estão trancadas dentro de nosso inconsciente, e pouco podemos fazer para tirá-las de lá, o jeito é tentar conviver o melhor possível com nossas angústias e ansiedades. Entretanto, podemos ficar um pouco mais animadas, pois acredito que uma certa dose de ansiedade é um estímulo valioso. Leva-nos a prestarmos mais atenção, a estarmos mais ligadas, mais alertas e a fazermos esforços mais eficazes para dominar as situações que vão se apresentando no nosso dia a dia e nos prepararmos para elas.

Você pode notar que as pessoas que não se preocupam com coisa alguma não sofrem de ansiedade. Mas, também, têm a tendência de serem irresponsáveis e geralmente não são eficientes. Muitas vezes até são pessoas inúteis e fúteis.

Por isso, curta com tranquilidade sua ansiedade. Mas não exagere na dose.

## Doutora em "mais ou menos"

"É muito mais gratificante conseguir fazer as coisas do que ficar com a frustrante sensação de nunca ter arriscado"

Confesso que sou cheia de defeitos e não sou dona da verdade. Mas juro que tenho feito até o impossível para melhorar. Ufa! Como é duro. Mas quem sabe um dia poderei olhar para trás e ver quantas coisas boas pude realizar, mesmo sendo imperfeita.

Devemos aproveitar todo nosso potencial, toda nossa capacidade, sempre procurando fazer o melhor e... um pouco mais. Entretanto, devemos aceitar nossas limitações, senão correremos o risco de ficarmos frustradas.

Certa vez cismei em aprender a tocar órgão. Imagine! Nunca havia tocado nenhum instrumento musical em minha vida.

Deslumbrada com o desempenho de um organista em uma festa, decidi que aprenderia a tocar aquele instrumento, mesmo sabendo que não tenho "ouvido" nem para distinguir um dó de um ré, ou de um fá. Tenho orelha. Mas "ouvido" para distinguir notas musicais, nenhum.

Lógico que a primeira coisa que eu tinha a fazer era conseguir um órgão.

O primeiro a ser torturado com essa minha decisão foi o pobre do meu marido. Fiquei azucrinando a vida dele, até que conseguisse o órgão que eu queria.

Já com o instrumento instalado, tratei logo de arranjar uma professora, que já na primeira aula me ensinou algumas notas e uma música inteira. Devo confessar que não era nenhuma sinfonia de Beethoven, mas era uma musiquinha bem popular, que todo mundo conhece: *Atirei o pau no gato.*

Infelizmente, enquanto eu tocava, ninguém reconhecia a bendita música. E quando eu dizia que era *Atirei o pau no gato* o que eles queriam era "atirar o pau em mim".

Mesmo com todas as reclamações, corajosamente não desisti. Cheguei até a participar de uma audição no Edifício Itália. Uau! Mas, para ser sincera, era uma apresentação com os alunos de minha professora e nós tivemos que pagar os convites todos para poder lotar o salão. E assim, minha família, mesmo bocejando de tédio, estava toda lá para me prestigiar.

Hoje não posso dizer que sou uma exímia organista, mas consigo tocar órgão "mais ou menos".

Depois, decidi aprender inglês, "o idioma do futuro" – diziam. Agora, quando vou viajar, posso fazer uso das minhas sacrificadas aulas e as pessoas me elogiam (?) dizendo que falo um inglês muito parecido com o do índio americano. Isto é, "mais ou menos".

Portanto, o inglês para mim continua sendo "um idioma para o futuro".

Atualmente quem não sabe lidar com um computador é considerado um alienígena. Como estamos na era da informática, eu não poderia ficar desatualizada. Lá fui eu, então, fazer parte do mundo dos informatizados e comprei um computador.

Entretanto, logo no dia da entrega desse aparelho moderninho, percebi que o negócio não seria tão fácil quanto eu estava esperando.

Olhando para o manual de instruções, que era mais grosso do que uma Bíblia, avaliei o que teria que enfrentar se quisesse ser mais uma pessoa informatizada na face da Terra.

A conclusão você bem pode imaginar. Estou conseguindo lidar "mais ou menos" com essa coisinha complicada.

Na verdade, não tenho vocação para uma porção de coisas

das quais eu gostaria. Mas me sinto realizada pelo simples fato de ter coragem para tentar.

Senão, como eu poderia conhecer as minhas limitações e todo o meu potencial?

É muito mais gratificante conseguir fazer certas coisas, mesmo que seja apenas mais ou menos, do que ficar com a frustrante sensação de nunca ter arriscado.

Por isso digo que muitas vezes sou a própria doutora em "mais ou menos". Afinal, perfeito... ninguém é mesmo! Ainda bem, pois caso contrário seria uma chatice.

## Um presente que influenciou minha vida

"As fábulas nos possibilitam tirar provérbios que às vezes podem valer uma vida e até aprimorar um pouco a nossa personalidade"

Quando tinha aproximadamente 10 anos, ganhei de presente um livro.

Com certeza ele teve muita influência na minha maneira de ser, pois, a partir dali, conduzi minha vida vendo sempre o lado bom das coisas, por mais tristes ou trágicas que pudessem parecer. Provavelmente você também deve conhecê-lo. Ele conta a história da Pollyana. Pois bem, desde que eu li esse livro, passei a fazer o "jogo do contente" sempre que estava passando por um momento difícil.

Isso com o tempo foi se tornando um hábito e hoje, talvez graças àquele significativo presente, sou uma pessoa positiva e otimista.

Passei a dar uma importância enorme aos livros, aos contos e às fábulas. Gosto especialmente das fábulas, pois me ensinam sempre uma filosofia nova para viver bem. Cada uma delas nos possibilita tirar provérbios que às vezes podem valer uma vida e até aprimorar um pouco a nossa personalidade.

Neste último mês, aprendi mais duas e vou contá-las a você.

Uma é sobre um escorpião que estava querendo atravessar um rio. Como ele não sabia nadar, pediu a uma rã para que o ajudasse a atravessá-lo.

– Mas, sr. Escorpião – respondeu a rã –, eu não posso ajudá-lo. Tenho medo de que, enquanto estivermos atravessando o rio, o senhor me dê uma ferroada.

– Ora, minha cara sra. Rã, isso que está dizendo é um completo absurdo. Se eu lhe der uma ferroada, a senhora morrerá e eu me afogarei.

A rã pensou bem, e percebeu que ele tinha razão. Resolveu, então, ajudá-lo.

Ele se ajeitou cuidadosamente nas costas da rã e lá foram os dois. Quando já estavam bem no meio do rio, a rã sentiu uma dor aguda e, percebendo que havia sido picada, disse decepcionada:

– Mas, sr. Escorpião, como pôde fazer uma coisa dessas? Agora nós dois iremos morrer.

– Sinto muito, mas não consigo ir contra a minha natureza. Ela é mais forte do que eu.

Você provavelmente deve estar pensando: "Ora, que grande sacanagem a desse escorpião!"

Mas esta fábula nos mostra que devemos tomar muito cuidado quando confiamos totalmente em quem pouco conhecemos.

Uma pessoa quando é má, perversa ou mau-caráter, por mais que se esforce em querer ser diferente, sempre prevalecerá a sua natureza. Pode até passar um bom tempo sem que sua perversidade ou o seu mau-caratismo se manifeste. Mas, mais cedo ou mais tarde, essa pessoa dará sua ferroada em alguém.

Entretanto, quando uma pessoa é boa, suas virtudes permanecerão inabaladas, mesmo que as circunstâncias sejam totalmente desfavoráveis. Por isso, esteja atenta para poder diferenciar as rãs e os escorpiões que aparecem na sua vida.

A outra fábula é sobre um menino muito pobre que herdou um pesado vaso de um tio que havia falecido.

O menino deu pouca importância à herança, pois pareceu-lhe que não tinha nenhum valor. Colocou o vaso com desprezo sobre um armário e esqueceu-o.

Esse pobre menino viveu miseravelmente durante toda a sua vida, e por muitas vezes chegou até a passar fome.

Quando morreu, aos 85 anos de idade, um de seus netos interessou-se pelo vaso.

Pegou-o com cuidado, examinou-o e percebeu que dentro dele havia uma fortuna incalculável em ouro maciço.

– Pobre vovô – pensou. – Passou uma vida inteira só enxergando o exterior das coisas.

Esta fábula nos mostra que muitas vezes a verdadeira riqueza está no interior das coisas ou mesmo dentro de cada um de nós. Devemos apenas saber procurá-la.

É como a felicidade, que às vezes está tão próxima, mas não conseguimos alcançá-la (ou enxergá-la).

# Sequestro: o lado das vítimas

"A violência está tão próxima e nós a ignoramos, fazendo de conta que a vida é como nos filmes de tevê: apenas ficção"

Gosto de contar a vocês um pouquinho de minha vida, de minhas experiências pessoais, procurando sempre transmitir o cotidiano com certa dose de humor e otimismo. Mas esta semana caiu uma bomba sobre minha família. E isso aconteceu de tal forma que não consigo pensar em mais nada a não ser na violência a que todos nós estamos expostos.

Pensamos que estamos preparados para tudo, mas ao tomarmos conhecimento de notícias desagradáveis, lamentamos, mas achamos que isso nunca nos atingirá.

De repente, uma pessoa querida nossa é sequestrada. O pânico toma conta de nossos sentidos, ficamos paralisados e perguntas terríveis surgem em nossa mente: O que fazer? A quem recorrer? Pedir ou não ajuda à polícia?

Queremos agir tanto e não conseguimos fazer nada. Não sabemos que atitude tomar para que a pessoa corra menos riscos.

Ficamos nos consolando uns aos outros, dizendo que tudo terminará bem, mas dentro de cada um persiste o fantasma da dúvida. Onde estará? Será que está sofrendo? Será encontrada com vida? Essa é a mais angustiante das dúvidas. Nessa hora percebemos que o maior tesouro que o ser humano possui são os amigos. Eles, com a cabeça fria, nos trazem de volta à realidade para que possamos entrar em ação de forma eficiente.

Criticamos nossos governantes, a polícia, mas nessa hora eles são como bálsamo em nossas feridas. São como a corda salvadora para nos tirar do fundo do poço, quando estamos quase afogados pela angústia. Ninguém pode imaginar a dor e o sofrimento de uma família nessa hora.

Estamos preparados para trabalhar, ir a uma festa, ao cinema, mas não para sermos arrancados brutalmente do convívio de nossa família. Somos covardes, pois evitamos encarar a realidade. A violência está tão próxima e a ignoramos fazendo de conta que a vida é como nos filmes de tevê: apenas ficção.

Criticamo-nos por nunca termos discutido o assunto com nossos parentes e amigos. Nós nos reunimos, falamos sobre qualquer coisa, mas sempre fugindo de assuntos mais sérios, por pura covardia.

Esse triste episódio, felizmente, terminou bem, tiramos algumas experiências que gostaria de contar, pois ninguém está livre desse tipo de ameaça.

Manter a calma é o mais importante. Isso pode valer uma vida. Não entrar em pânico, confiar que as pessoas do lado de fora tenham tempo para negociar o resgate.

Nossa parenta nos deu um exemplo de coragem, força e aguentou firme as intermináveis horas passadas dentro daquele porta-malas.

Graças a essa calma, pôde retornar a nós sã e salva.

Outro ponto importante é colaborar com os sequestradores. Às vezes eles estão mais nervosos que o sequestrado.

Confie nas autoridades, na polícia, pois eles já estão preparados e sabem como agir corretamente.

Considero importante alertar que devemos transmitir sempre às pessoas que amamos toda a intensidade de nossos sentimentos e emoções, pois num caso como esse um dos maiores sofrimentos é a sensação de vazio das palavras que não foram ditas. Enquanto ela esteve nas mãos daqueles "senhores", sentimos o quanto a amamos, aqueles que nos são próximos, o quanto nos fazem falta.

Por tudo aquilo que passaram, queremos que essas pessoas aproveitem esta experiência para serem mais felizes junto às suas famílias.

## Os falsos atores

"Os falsos atores transformam-se de um momento para outro, dependendo do ambiente, da posição social ou cultural em que se encontram no momento"

Não quero falar dos atores profissionais, refiro-me às pessoas que vivem representando na vida real, mudando constantemente a conduta e desorientando os que convivem com elas. Por isso, chamarei essas pessoas de "falsos atores".

Para você ter uma ideia do que estou falando, procure lembrar-se de pessoas que você conhece e que mudam de atitude, postura – e até de modo de andar! –, quando estão com mais dinheiro, quando recebem uma promoção no emprego ou quando apenas se sentem numa posição de superioridade em relação aos outros.

Esses falsos atores são como camaleões. Transformam-se de um momento para outro, dependendo do ambiente, da posição financeira, social ou cultural em que se encontram no momento.

Um fato que pode exemplificar bem como se portam essas pessoas ocorreu aqui em casa, há alguns anos, mas eu nunca pude esquecer.

Certo dia, o guarda daqui adoeceu e, para não deixar a entrada desguarnecida, pedi ao faxineiro – um rapaz tranquilo e pacato nos seus 19 anos – que me fizesse o favor de substituí-lo.

Orgulhosamente, aceitou a nova posição, mesmo sabendo que seria apenas por um dia. Entreguei-lhe, então, o cinturão com a cartucheira e o revólver. Expliquei que aquele cinturão serviria apenas como ornamento e que em hipótese alguma ele deveria retirar a arma, pois não estava treinado para isso.

Fiquei relativamente tranquila mas, depois de algum tempo, fui dar uma espiada para ver como ele estava se saindo.

Para minha surpresa, meu faxineiro, que andava meio arqueado e desengonçado, havia se transformado num ereto sentinela de quartel. Havia colocado um boné e marchava pela fachada da casa com a mão direita na arma. Sua postura parecia a de um general.

Fiquei desconcertada e preocupada com essa mudança radical de atitude, mas elogiei seu boné, sua postura, seu andar. E, por segurança, pedi-lhe a arma de volta, antes que se transformasse num justiceiro e saísse por aí dando tiros.

Este foi um incidente corriqueiro e inofensivo. Entretanto, existem pessoas que se transformam com tanta facilidade e tão repentinamente que chegam a causar desespero nas outras com as quais convivem. Numa hora são amáveis, sorridentes, sedutoras, envolventes e com todas as qualidades de impressionar positivamente qualquer outro simples mortal. No momento seguinte, podem se transformar em seres egoístas, hostis, chantageando, manipulando, abusando da autoridade e chegando até a serem agressivas ou mesmo violentas, sem nenhuma razão aparente.

O que eu acho mais desconcertante nesses falsos atores é que eles passam de uma atitude a outra com tanta rapidez que chegam a provocar total estado de insegurança e desorientação no ambiente em que vivem.

As pessoas que convivem com os falsos atores dificilmente encontram a maneira correta de tratá-los ou agradá-los – o que é terrivelmente frustrante. Por que existem esses falsos atores e por que eles agem dessa maneira eu não sei. Quem sabe algum psicólogo possa nos explicar.

Sei apenas que é muito angustiante as pessoas conviverem com os falsos atores. Gradativamente eles vão ficando isolados, pois as pessoas vão se afastando à medida que não conseguem adivinhar qual o próximo personagem que irão representar: o de bonzinho ou de monstrinho?

Uma coisa é certa: procure sempre tentar manter certo equilíbrio em tudo na sua vida e, se você convive com um falso ator, está desorientada, não sabe exatamente como tratá-lo, pelo menos peça a ele para fazer um curso de teatro, ir representar no palco. E não na vida real.

## A insegurança pode destruir seus maiores projetos

"Não permita que o medo a impeça de realizar seus projetos"

Quando decidimos ir ao encontro do que queremos da vida, devemos entender que corremos riscos e não sabemos o quanto eles poderão afetar nossa vida. Aí vem o medo e começamos a nos perguntar: vale a pena enfrentar o desconhecido?

Digo isso porque, ao resolver ir à luta, trabalhando naquilo de que realmente gosto, assumi um compromisso com meus chefes e comigo. Após o primeiro encontro de trabalho para decidir os temas e o espaço da minha coluna na revista *Contigo*, o medo começou a me dominar e me perguntei: "Meu Deus, onde fui amarrar meu burro?"

Eu perguntava a mim mesma por que deveria deixar a segurança do meu lar e me arriscar tanto? O medo maior era pensar no que meu marido diria dessa minha decisão de trabalhar fora. E minhas filhas, o que diriam?

Comecei a pesquisar e assim descobri que todo ser humano normal sente medo. Aquelas pessoas que afirmam não senti-lo estão mentindo ou sofrem de distúrbio mental. O herói é alguém que, apesar do medo, consegue dominá-lo e enfrenta o perigo em benefício de outras pessoas ou de uma comunidade.

Entendi então que, já que não podemos eliminar o medo, devemos dominá-lo. Não permita que o medo a impeça de realizar seus projetos. Antes de iniciar qualquer atividade já estamos "achando" que não dará certo. Somos todas vítimas desse "achismo".

Quando resolvi trabalhar – sendo um pouco "achóloga" – "achei" que meu marido faria tudo para me impedir. Afinal, desde cedo ouvimos os homens dizerem que lugar de mulher é no fogão.

Bem, com essa carga de preconceitos, afiei minhas garras e fui à procura de meu marido para comunicar minha decisão. No meu "achismo", eu ia pensando:

"Imagine se ele me deixará colocar as manguinhas de fora... Claro que não! Mas também, se ele me disser que lugar de mulher é na cozinha, vou reagir, vou rebater, vou xingar, vou..."

À medida que caminhava a seu encontro, ia "achando" o que ele diria e minha raiva crescendo. Bem como o medo e a vontade de desistir. Quando finalmente abri a porta do escritório, entrei estrondosamente. Ele pulou de susto e, antes que pudesse dizer qualquer coisa, despejei sobre ele que iria voltar ao jornalismo.

Só que, para minha total surpresa, ele respondeu que achava uma ótima ideia! Naquela hora, deveria ter um espelho à minha frente para ver a cara de pateta com que fiquei. Isso me deixou tão sem ação que, sem ter o que dizer, perguntei se ele queria um cafezinho...

Mas as surpresas não pararam por aí. Minhas filhas, que eu "achava" me dariam o maior incentivo, até que não se entusiasmaram tanto. As mais velhas até que aplaudiram a decisão. Mas tive sérias dificuldades para convencer as menores de que meu trabalho só acrescentaria e não roubaria nada de nossa vida.

Isso tudo só veio confirmar que, quando desejamos algo, um objetivo que realmente valha a pena, precisamos superar o medo e o "achismo". Precisamos lutar e ir ao encontro de nossas realizações. Só assim poderemos ser os heróis de nossas próprias causas.

## Separação: quem sofre mais são os filhos

### "É assustador o prejuízo psicológico que um pai ou uma mãe pode provocar em seus filhos para agredir o outro"

Desquite, divórcio, separação. São sempre temas pesados, desagradáveis de serem abordados e, pior ainda, vivenciados.

Não se sabe exatamente como começa o processo de deterioração num casamento. O que se tem conhecimento é de que, antigamente, as pessoas se casavam e, mesmo atravessando todas as fases ruins, continuavam juntas. O saldo muitas vezes foi positivo; afinal, superadas as crises, muitos conseguiram ser felizes e se tornaram grandes companheiros na terceira idade.

Atualmente, enquanto o nível de expectativa é grande em relação ao casamento e espera-se uma vida a dois perfeita, o nível de tolerância está muito baixo e, já na primeira crise, muitos casais se separam. Mesmo já tendo filhos e sem saber ao certo as consequências que essa atitude poderá acarretar.

Depois do movimento feminista, a mulher está enxergando com maior clareza seus objetivos. Hoje, não se contenta mais em ser apenas uma simples dona de casa, executando trabalhos rotineiros e jamais reconhecidos. Não. Ela quer participar mais ativamente da economia, da política, dos assuntos da atualidade, e poder exercer uma função mais intelectualizada dentro do lar e na sociedade. Com isso, porém, ela começou a invadir um território que era considerado apenas domínio do homem.

Antes a mulher executava seu trabalho doméstico sem se questionar se era bom ou não. Apenas porque seu papel na sociedade já estava claro e definido. O homem sempre desfrutou de toda mordomia que a mulher lhe proporcionava dentro de casa e retribuía com o processo elementar de sobrevivência e manutenção do lar. Tinha a autoridade de mandar até a mulher calar a boca e ainda houve época em que eram chamados de "senhor" por sua própria mulher – que já estava condicionada e preparada para atender seu companheiro em todos os seus desejos.

Com essa mudança da mulher querendo se emancipar, começaram a surgir outros problemas. A verdade é que os homens não estão sabendo lidar com essa nova situação. O que está sendo difícil para o homem entender é que a mulher tem tentado apenas romper o processo de ter de aguentar os homens em seus antigos costumes, para ser reconhecida como ser humano, com direito a dar suas opiniões, expressar seus desejos e obter maior liberdade para agir com sua própria cabeça.

Nesses desencontros, esperam resolver a situação com a separação. Mas tenho notado que, na maioria das vezes, os problemas aumentam e os verdadeiros prejudicados são os filhos – que fatalmente são usados como munição na guerra do divórcio. Tomei conhecimento de casos escabrosos. É assustador o prejuízo psicológico que um pai ou uma mãe pode provocar em seus filhos para agredir o outro.

Depois de saírem de um casamento opressor, logo após o divórcio, ambos (marido e mulher) tomam um "porre" de liberdade. Querem aproveitar cada minuto, divertindo-se e fazendo tudo a que não tinham direito enquanto casados.

Nessa fase (que dura mais ou menos dois anos), as mães deixam seus filhos aos cuidados de terceiros para irem curtir a sonhada liberdade. E os pais, muitas vezes, até abrem mão das visitas a que tinham direito – batendo as asas em direção às noitadas de farra.

Quando se cansam dessa vida e caem na real, seus filhos não aceitam mais seus palpites. Já aprenderam, bem ou mal, a se virar sozinhos. Julgam-se independentes. O desgaste que os pais sofrem nessa fase é muito grande. Principalmente quando seus filhos estão entregues à má influência de amigos ou às drogas. Os pais necessitam, então, unir suas forças para se dedicar à recuperação dos filhos. O que, muitas vezes, já não é mais possível.

E, infelizmente, tarde demais.

## Luta ingrata contra a balança

"Como manter a forma se um dos prazeres da vida é sentar-se a uma mesa farta?"

Durante o ano, dá para contar nos dedos os dias em que fico satisfeita com meu peso. Que coisa mais frustrante! Quase em seguida a ter perdido peso, recupero tudo de novo.

Que droga, não? Mas o que fazer para manter a forma se um dos prazeres da vida é sentar-se à uma mesa farta, cheia de guloseimas, e de preferência rodeada de amigos? Basta ficar à mesa conversando por mais tempo durante um jantar com amigos e pronto. No dia seguinte a maldita balança já acusa a extravagância.

Não sou gorda. Mas os benditos 2 (ou 3... ) quilos a mais insistem em me acompanhar. Por mais que eu tente me controlar, não adianta. Aparece sempre um convite para jantar ou para uma comemoração qualquer, e sempre regado de muitos comes e bebes.

Como não sou de ferro, acabo me transformando na alegria das cozinheiras. Provo de tudo. Bem, para falar a verdade, devoro tudo.

O resultado não poderia ser outro... mais quilos na balança. Ainda estou à espera de uma pílula que eu tome e que me permita comer de tudo sem engordar. Mas, como ainda não inventaram, vou tentando todos os regimes que me aparecem pela frente. Conheço todos e até agora nenhum deu certo.

Depois de alguns dias, não consigo mais olhar para aquele bife seco e aquelas folhas de alface sem tempero. Gruuu! Ataco, então, um gigantesco e saudável sanduíche! Mas aí vem aquela culpa que persiste em me incomodar.

Na minha cabeça fica lampejando um cartaz que li certa vez

numa academia de ginástica: "Alguns minutos de prazer na boca significam anos de gordura nos quadris. Vale a pena?"

Não. Não vale. Detesto ficar me espremendo dentro de uma roupa apertada. Por isso procuro mudar a minha atitude mental. Logo pela manhã me olho no espelho e digo: "Hoje vou terminar o dia como uma vencedora. Farei tudo de melhor. Hei de vencer!" E rezo para não me aparecer nenhuma caixa de chocolate pela frente.

Quando abro a geladeira para pegar "aquele" manjar dos deuses, me pergunto: "Eu, realmente, quero comer isto?" (É lógico que quero). Mas aí vem outra pergunta: "Estou, realmente, precisando comer isto?" (É lógico que não).

Daí desisto e vou buscar prazer em outras coisas... menos engordativas, é claro.

Assim, estou tentando manter meu "equilíbrio" na balança e... mental.

Porém, o teste mais duro é quando vou à casa de alguém e me deparo com aqueles bons petiscos olhando para mim. Nessas horas, fecho os olhos e penso: "Não seja gulosa. Não é nada saudável nem estético ser gorda. Não coma".

Depois penso na balança que está me esperando e no mais temível juiz dos gordos: o espelho. Assim, vou levando minha vida como um balão de inflar. Ainda bem que existe a segunda-feira para se começar um novo regime... Não é?

## Homens virgens! Por que não?

"A sexualidade aberta pode ser vista como sinal de liberdade, mas se for exagerada pode ser destrutiva e compulsiva"

Estávamos tendo um almoço em família e lá estavam também os amigos de minhas filhas conversando. Em determinado momento, percebi um zunzunzum e, então, diminuíram o tom de voz e começaram a cochichar.

Observando um pouco de longe fiquei curiosa, pois a atitude deles demonstrava que estavam se preparando para alguma "arte". Chamei uma de minhas filhas de lado e perguntei o que eles estavam tentando aprontar.

– Não se preocupe. É que os panacas vão transar hoje pela primeira vez e estão se achando o máximo.

O pior é que fiquei sabendo que um dos pais deles é que havia preparado tudo.

Preocupada, chamei o menor deles – imagine, com 14 anos – para conversar. Pude então notar o quanto o pobrezinho estava apavorado, apesar de curioso e de querer provar para os amigos que era "o macho". Ele simplesmente estava sendo induzido para uma coisa para a qual não estava ainda preparado.

E quantos casos parecidos nós conhecemos?

Nós temos a liberdade de escolha e devemos usar a inteligência para poder escolher o que é melhor para cada um de nós. É isso o que nos diferencia dos animais, que agem puramente por instinto.

A sexualidade aberta pode ser vista como sinal de liberdade, mas se for exagerada pode ser também destrutiva e se tornar compulsiva. E, nesse caso, já não se é tão livre assim quanto se pensa.

Veja bem, não estou querendo ser moralista. Apenas acredito

que a tendência do sexo impessoal, isto é, sem nenhum vínculo entre os parceiros, pode tornar a sociedade embrutecida, à medida que os verdadeiros sentimentos forem sendo deixados de lado. A busca indiscriminada do prazer e do sexo impessoal pode levar o indivíduo muitas vezes à impotência, à frigidez e até a perversões sexuais.

Dizem que a virgindade "já era" e está fora de moda, mas eu ainda acredito que ela seja um problema sério e delicado, tanto para as mulheres quanto para os homens. Muitos defendem a virgindade da mulher até hoje, enquanto alguns pais saem desesperados por aí à caça de uma mulher para dar prazer sexual aos seus filhos (homens, é claro), assim que percebem uma mancha no lençol.

Será que alguns pais não estão valorizando demais a busca do prazer, em vez de se preocuparem mais com os verdadeiros ideais de seus filhos?

Os meninos não devem se sentir na obrigação de ter logo cedo a sua primeira relação sexual para provar aos outros sua virilidade. Tanto os meninos quanto as meninas devem estar preparados e conscientes para o primeiro ato sexual.

Já foi provado que experiências sexuais precoces podem levar os adolescentes à depressão. O sexo pode nos proporcionar prazer, mas torna a nossa personalidade fraca se não soubermos ter um controle maior sobre ele.

Portanto, os homens que tiverem um pouco mais de paciência poderão desfrutar com mais maturidade toda a sua sexualidade.

Afinal, virgindade não é vergonha nenhuma. Pelo contrário, demonstra personalidade, firmeza de caráter e autonomia de escolha.

## Não deixe seu amor morrer

"Aprenda a negociar. Saber fazer acordos é a grande arte para viver bem"

Se você é casada ou pretende se casar, conserve na sua mente a imagem de um acampamento bem escolhido. Planeje esse acampamento com amor e companheirismo. Procure sempre aquecê-lo com confiança. Peça a bênção de Deus e siga em frente, numa união triunfante, duradoura, em que os prós sejam mais que os contras.

Nem tudo é um mar de rosas, eu sei, mas é preciso ter muito jogo de cintura para conviver com quem quer que seja. Um lar feliz é um lar onde existem harmonia, tolerância e compreensão, coisas tão difíceis hoje em dia.

Tudo tem jeito, desde que você esteja realmente decidida a conviver bem com seu companheiro nesta jornada da vida. Aceite o fato de que, em qualquer discussão, você não vai modificar o outro. Portanto, a única pessoa que pode se modificar é você mesma.

Entenda o quanto os homens são diferentes das mulheres e que muitas vezes eles não agem por maldade mas sim porque não conseguem compreender a alma feminina.

Aprenda a negociar. O melhor lubrificante para engrenagem complicada do casamento é o acordo. Saber fazer acordos é a grande arte para viver bem. Por exemplo: se o seu marido concordar em fazer uma viagem por ano (que você tanto quer) você pode permitir que ele jogue futebol com os amigos todos os fins de semana (que é o que ele quer). Assim, ninguém ficará magoado, pois o acordo fez com que os dois cedessem um pouco em benefício do relacionamento.

Lembre-se de que todo mundo gosta de ser apreciado. "Acho

você maravilhoso", "Estou orgulhosa de você". Tente elogiar seu companheiro pelo menos uma vez por dia. Você vai se surpreender como isso aumentará o carinho entre vocês. Jamais se concentre nos piores aspectos de sua vida em comum. Procure se concentrar nos aspectos bons e positivos.

Mantenha uma boa comunicação com seu parceiro. Se você compartilhar com ele dúvidas, problemas, queixas, mal-entendidos, seu casamento se tornará muito mais resistente à tensão e ao estresse.

Assuma a responsabilidade de seus atos, por mais difícil que possa lhe parecer. O casamento será aquilo que você e o seu companheiro quiserem que seja. Mas cada um deve assumir sua parte de responsabilidade para torná-lo amadurecido e gratificante.

Acredito que a base da felicidade está em nossa própria casa. Se você construir um lar harmonioso e aconchegante, onde todos se sintam bem, já estará contribuindo (e muito) para um mundo melhor. Mas é preciso aprender a conviver bem primeiramente com o seu marido. Afinal, ele é a pessoa que você escolheu para compartilhar sua vida. Não descuide de sua felicidade. Lembre-se de reacender a chama da paixão todos os dias, sem exceção. Por favor, não deixe seu amor morrer, pois a vida com amor é muito melhor.

## Os direitos dos pais

"Os pais que não hesitam em exercer seus direitos
são muito melhores do que aqueles que
tentam fazer todas as vontades dos filhos"

Minha filha estava de cama com um tremendo resfriado. Eu tinha uma imensidão de coisas para fazer, mas me sentia culpada por ficar fora o dia todo, enquanto a coitadinha estava presa em casa. Então, cancelei meu encontro para almoçar, despachei apressadamente meus compromissos, corri para casa e disse: "Muito bem. Mamãe já está aqui, vamos brincar de quê?" Agora, pasmem! Ela me lançou um olhar de desprezo e respondeu: "Tenho que fazer minhas lições de casa. Você não tem nada para fazer?"

Que me perdoem os psicólogos e educadores, mas a minha vontade foi dizer um palavrão bem grande. Não disse, é claro. Me reprimi e engoli a raiva toda. Quase tive uma indigestão, mas não disse!

Quando eu era criança, meus pais achavam que gente pequena devia ser vista e não ouvida. Cá entre nós, felizmente, esse tipo de atitude caiu de moda.

Mas eles tinham uma grande vantagem sobre mim e sobre os pais de hoje: viviam na santa ignorância de que seus erros ao educar poderiam afetar o futuro de seus filhos.

Não tinham o sentimento de culpa que atormenta os pais modernos.

Gostaria de ter a mesma autoconfiança que eles tinham. Ninguém dá aos pais a preparação necessária para educarem sensatamente os filhos.

O resultado está à vista. Vivo perguntando aos psicólogos e

pediatras: "Fiz bem?"; "Se eu fizer isto ou aquilo com minha filha, será que estou agindo mal?"

Esses sentimentos de culpa nos levam a fazer inconscientemente um contrato com nossos filhos. E eis os termos: "Já que me sinto culpada e não tenho certeza de que estou agindo bem com vocês, vou compensá-los desistindo de meus direitos e liberdades como ser humano e devotando-me integralmente a vocês". Sempre que alimentamos os caprichos de uma criança, bem lá no fundo sabemos que estamos sendo passados para trás. Isso nos deixa furiosos e nos sentimos ainda menos eficientes como pais.

As crianças têm o direito de ser tratadas com respeito e compreensão. Têm o direito de possuir sentimentos e expressá-los. Mas os pais também têm direitos e aqueles que não hesitam em exercê-los são muito melhores do que os que tentam fazer todas as vontades dos filhos.

Para que seja instaurada a justiça e assegurada a tranquilidade familiar, proponho agora fazermos uma declaração dos direitos dos pais:

Nós temos o direito de ter sentimentos e demonstrá-los aos nossos filhos. Não devemos ter dúvidas em dizer: "Você está me enchendo com esse comportamento. Acho melhor não aparecer na minha frente hoje".

Nós temos o direito de tirar férias periódicas. O poeta Kalil Gibran sugeriu em O *Profeta:* "Fiquem unidos, mas façam intervalos em vossa união".

Nós temos o direito de cometer erros na educação dos nossos filhos. Quando aprendemos a andar de bicicleta, conseguimos à custa de uma porção de erros (tombos). Por que é que a complexa aprendizagem de educador haveria de ser exceção?

Nós temos o direito de ser uma pessoa falível e imperfeita. Podemos ter dias ruins, ficar furiosos, ser teimosos... e de querermos algo de especial para nós mesmos.

Nós temos o direito de ter a coragem de ser nós mesmos, como marido ou mulher e, acima de tudo, como pai ou mãe.

Ufa! Desabafei. Será que precisa de mais?

## Casa, calorias e terapia

### "Fiquei surpresa ao saber que as atividades domésticas são as que mais gastam calorias"

Ora, ficar um dia ou outro sem arrumar a cama não é crime. Entretanto, algumas donas de casa, quando deixam de executar qualquer trabalho doméstico, sentem-se fracassadas.

Não é preciso sentir-se derrotada só porque deixou de passar algumas roupas. Até mesmo minha avó, que foi "programada" para ser uma dona de casa impecável, acabou deixando de lado suas manias de perfeição, como a de só usar guardanapos de linho bem passados às refeições.

O trabalho doméstico pode ser muito chato ou o mais prazeroso de todos. Depende apenas da maneira como você o encara. Se analisar bem, poderá perceber quantas coisas boas e positivas existem para se fazer dentro de uma casa.

Deixe de pensar nos afazeres domésticos como uma rotina maçante e pare de ser tão rígida consigo mesma. O trabalho de dona de casa pode ser muito interessante.

Recentemente, assistindo ao quadro *Tentação,* do *Programa Sílvio Santos,* fiquei surpresa ao saber que entre caminhar, pedalar e fazer tarefas domésticas, a atividade que mais gasta calorias é a de dona de casa.

Isso mesmo. O trabalho doméstico é um bom exercício para manter a forma e também contribui para o aumento da capacidade pulmonar, tanto ou mais que fazer uma boa caminhada ou andar de bicicleta.

Pois bem. Passe a encarar o trabalho doméstico como um novo esporte e já não será necessário gastar dinheiro em academias de ginástica. Arrumar a casa pode ser também uma boa terapia. Quando estou aborrecida, começo a fazer uma boa faxina nos meus armários. O esforço físico me alivia. Lutar contra a sujeira é um ótimo remédio e impede que o mau humor interfira nas nossas relações familiares.

Passar a ferro é o mais contemplativo dos afazeres domésticos. Enquanto os braços repetem um gesto mecânico, o pensamento dá mil voltas à procura de uma solução para aquilo que nos preocupa.

Cozinhar é uma verdadeira arte e até mesmo uma refeição ligeira exige concentração e talento. Cozinhar é o melhor dos trabalhos domésticos e pode ser compartilhado pelos dois sexos. Para os homens, a culinária pode ser um excelente *hobby*, pois distrai, acalma e diverte.

Lustrar móveis é, inexplicavelmente, uma atividade que acalma. Enquanto damos brilho a um móvel, apagamos dentro de nós mesmas as pequenas irritações. Encontre você mesma outras coisas positivas no seu trabalho doméstico e lembre-se de que ser dona de casa pode ser muito gratificante.

## Mas que falta de juízo!

### "Os adultos protestam contra a rebeldia dos adolescentes e se esquecem de que também já foram jovens"

Meu sobrinho de 15 anos pegou escondido a chave do carro de minha irmã e saiu para dar umas voltinhas.

Tranquilamente, sem que ninguém suspeitasse, rodou um bom tempo pelo bairro. Como gostou da experiência e os carros da família estavam dando sopa, resolveu voltar e experimentar o carro do meu cunhado também. Aproveitando que todos estavam em casa, distraídos, pôde passar umas boas horas dirigindo sem que ninguém da família percebesse.

Mas, como existe sempre um dedo-duro apontando para as imperfeições dos outros, todos acabaram sabendo. Nem preciso dizer que o pobre do meu sobrinho quase foi crucificado. Imagine: sem idade para dirigir, sem licença, sem experiência... Além de tudo, pegar um carro escondido! Lógico que não faltam censuras e opiniões.

A avó: "Meu Deus! Poderia ter atropelado alguém".

O tio: "Que horror, poderia ter provocado um acidente".

O pai: "A esta hora poderia estar morto".

A tia: "Mas que falta de responsabilidade, hein?"

O avô, coçando a cabeça, não poderia deixar de dar seu palpitezinho: "Esse moleque não tem juízo. Está perdido".

Certamente, os adultos passam a sofrer de amnésia quando ficam mais velhos. Será que se esqueceram de que algum dia, em algum lugar no passado, enlouquecidos pela vontade de dirigir, já não pegaram um carro às escondidas?

Acho graça quando os adultos protestam contra a "rebeldia"

dos adolescentes. Esquecem-se de que já foram jovens e de que também já burlaram as regras alguma vez na vida.

Se me disserem que, em casos semelhantes a esse, "falta de juízo" é "falta de experiência", estou de acordo. Pois o que diferencia uma geração da outra é justamente seu maior grau de consciência, lucidez e senso de responsabilidade.

Mas não posso concordar que um jovem não tenha juízo ou que seja considerado um caso perdido só porque fez exatamente o que todo adulto já fez algum dia.

Quando se diz que um jovem não tem mais jeito, não tem juízo ou que é um caso perdido, pode-se estar destruindo sua autoestima. Isso é muito perigoso, pois os jovens necessitam de nossa aprovação, nossa compreensão e nossa orientação. E não de críticas impiedosas e destrutivas.

Acredito que o autorrespeito implantado desde a primeira infância é a única infraestrutura garantida sobre a qual se formará a personalidade do futuro adolescente, do futuro adulto.

## Louvado seja o Senhor!

"A felicidade está em perceber no dia a dia os maravilhosos segredos de nossa existência"

Louvado seja o Senhor, todos os peixes do mar... todas as aves do céu... todos os filhos do homem... Louvado seja o Senhor! Não pense que fiquei carola, beata ou qualquer coisa do gênero. Apenas estou fazendo uma adoração espontânea.

Hoje, ao olhar para a copa das árvores no Parque do Ibirapuera, notei que pareciam estar em chamas, refletindo as cores do pôr do sol. Logo em seguida demorei observando as estrelas do entardecer enchendo o céu de majestade infinita. Era como se pudesse ouvir música por trás das coisas.

Naquele momento, pensei: "Não é preciso limitar nossa devoção dentro das paredes de uma igreja ou de um templo. Nossa devoção é uma atitude em relação à vida, uma reação positiva ao infinito que nos rodeia".

Podemos ter atos espontâneos de adoração sempre que estivermos com o coração aberto para perceber e agradecer pelas coisas boas que estão à nossa volta.

Todas as vezes em que vou à praia, sinto-me comovida com a grandiosidade daquele cenário e com a felicidade de poder desfrutá-lo. O amanhecer, o som de uma música, o toque suave de uma mão amiga muitas vezes podem transcender as experiências vividas dentro de uma igreja ou de um templo.

Que me perdoem os mais religiosos, que acreditam sinceramente que a religião, a devoção, a adoração devem ser praticadas somente dentro da igreja.

Muitas vezes podemos nos deixar enlevar entrando em profundo êxtase e nos esquecendo de nós mesmos para nos fundir com as maravilhas do mundo e de todo o universo. Penso que é exatamente isso o que constitui a verdadeira purificação, a salvação da nossa alma e o que fortalece nosso espírito e nossa paz interior.

Demorei muito para entender a arte, a arquitetura, a pintura, a poesia. Mas por meio da arte, das obras criadas pelo homem, podemos pressentir a presença divina do nosso Criador. O mistério da felicidade do ser humano está em perceber no dia a dia os segredos maravilhosos de sua existência.

Por isso, não deixe passar despercebidos os momentos de devoção, de veneração espontânea a tudo o que é belo, no sentido de gratidão e de reverência ao nosso criador. Isso tudo reacende dentro de nós o respeito pela vida e nos ensina a apreciar as maravilhas do universo.

Quero que você reflita bem a respeito deste nosso bate-papo e desejo que possa pô-lo em prática.

## A porcentagem do amor

"Se nos amarmos 100%, seremos egocêntricos, narcisistas, chatos e infelizes"

Necessitamos de que se apodere de nós a força do amor, pois acredito que seja a única forma de derrotarmos o egoísmo, a inveja e outros sentimentos negativos que carregamos dentro de nós. Quando amamos, estamos em eterno estado de graça, pois o amor é a mola propulsora da vida.

O amor deve ser amplo, aberto e não pode ser canalizado numa única direção. É importante que se entenda que podemos amar várias coisas e pessoas ao mesmo tempo, pois o amor não se divide nem se subtrai. Pelo contrário, se multiplica.

Existem várias formas de amar. Por exemplo: o amor que você sente pelos seus pais é diferente do amor que sente pelos seus filhos. O amor que você sente pelo seu namorado, marido ou amante é diferente do amor que sente pelo seu irmão. O importante é percebermos que cada uma das formas não deixa de ser um maravilhoso sentimento de amor. Quanto mais amamos, mais aumentamos nossa capacidade de amar. E quanto maior nossa capacidade de amar, mais plenamente felizes seremos. Pode acreditar!

Há algum tempo tive a oportunidade de conhecer uma agradável senhora de 80 anos. Logo ao sermos apresentadas, notei um brilho e uma vivacidade em seu olhar que não noto em pessoas bem mais jovens. Depois de algum tempo de conversa, eu já não percebia nenhum sinal de idade em seu rosto. Parecia tão jovem.

Afinal, qual seria o segredo daquela mulher para aparentar tanta jovialidade? Logo pude perceber que a razão de tanta energia e vitalidade era o imenso amor que existe em seu coração.

Estávamos admirando um deslumbrante pôr do sol e jamais vou esquecer suas palavras: "Quem não ama a natureza não ama a si próprio. E quem não ama a si próprio não ama ninguém. Devemos nos amar 70% e os outros 30% de amor devemos distribuir aos outros. Essa é a medida exata, pois, se amarmos 100% a nós mesmos, seremos egocêntricos, narcisistas, tremendamente chatos e infelizes. Reservando 30% para amar aos outros, esse amor se multiplicará com certeza".

Bem... são palavras de uma experiente senhora que ainda se emociona com as pequenas coisas da vida, que transmite uma enorme alegria de viver, cujo olhar brilha de felicidade.

E você? Tem cultivado o amor em seu coração ou se deixa levar pelos instintos primitivos do ódio, da inveja, da mágoa, da rivalidade?

Não se deixe envenenar por esses sentimentos destrutivos e coloque o brilho do amor em seu olhar. Garanto que sua vida será bem melhor.

O amor é contagiante e, se estimularmos esse sentimento, teremos condições para construir positivamente uma sociedade mais pacífica, em que haja mais compreensão e harmonia entre os homens. Ame e multiplique esse amor!

## Nosso instinto gregário

"Precisamos uns dos outros para crescer e evoluir. É assim que o mundo funciona"

Sabe por que sentimos necessidade de ter amigos? Simplesmente porque gostamos de ser apreciados e de satisfazer nosso instinto de autoafirmação. Gostamos de sentir que vivemos, que temos certa importância e que não existimos em vão. Gostamos de sentir que pertencemos ao nosso grupo, ao ambiente em que nos encontramos.

Gostamos de sentir que temos certos direitos e que estes são reconhecidos. Isso implica automaticamente que os outros também têm direitos e que também temos deveres para com eles.

É um pouco complicado, mas, apesar de todas as confusões causadas pela necessidade de vivermos agrupados, é bom sentir que temos amigos, família, pessoas que nos ajudam, pessoas que ajudamos.

A união nos fortalece, nos dá base e estrutura para enfrentarmos o mundo de um modo geral. Somos todos, no final das contas, uma espécie social. Isto significa que não podemos passar uma vida inteira na mais completa solidão. Não poderíamos viver isolados uns dos outros e continuar sendo seres humanos.

Li certa vez que "o nosso corpo é equipado com os genes da interligação e da convivência". Portanto, fomos "fabricados" para ser pessoas gregárias, isto é, que devem viver juntas umas com as outras, assim como os pássaros que vivem em bandos.

Dependemos dos outros para sobreviver, queiramos ou não. Temos plena consciência de que ainda não aprendemos a conviver bem com o próximo. Mas, apesar de toda a nossa desorientação, gostamos de colaborar e de participar.

A colaboração é um impulso quase universal de toda matéria viva. É um traço simpático que possibilita um certo equilíbrio entre os relacionamentos deste nosso planeta. A maioria de nós tem um desejo instintivo, um impulso quase físico e insaciável de ser prestável.

Gostamos de nos sentir úteis, pois fazemos parte de uma engrenagem em que cada um de nós é uma peça importante para o funcionamento da máquina da vida. Portanto, necessitamos uns dos outros para crescer e evoluír. É assim que o mundo funciona.

Sentir-se só é o sentimento mais triste que um ser humano pode experimentar. Por isso, não há recursos que homens ou mulheres deixarão de empregar para escapar da solidão.

Um caminho seguro para a felicidade é evitar a solidão; falhar é a infelicidade absoluta, porque fomos programados para viver em sociedade.

## Não corra! O Natal vem aí!

"O mais importante durante este mês é compartilhar nosso amor com aqueles que nos querem bem"

Há algum tempo venho colecionando alguns comentários sobre o mês de dezembro:

– Que droga, já estamos em dezembro! Como este ano passou rápido.

– Sem dúvida, este é o pior mês! O trânsito fica impossível e não se consegue chegar a lugar nenhum.

– Ih! Lá vêm os cartõezinhos... dos lixeiros, dos entregadores de gás, do carteiro, do guarda-noturno...

– As pessoas ficam enlouquecidas com o corre-corre do Natal.

– Fico angustiada só de pensar no montão de coisas que tenho para fazer.

– Me dá arrepios quando preciso entrar nas lojas para comprar os presentes.

– Deveriam acabar com esse negócio de ficar dando presentes para todo mundo só porque é Natal.

– A gente corre tanto que nem dá pra curtir as festas por causa do cansaço.

– Gostaria de dormir e acordar só depois do Natal. Assim não teria que enfrentar esta confusão toda.

– Esquecer de comprar algum presente? Nem pensar.

– Ah! E as festinhas de fim de ano na escola, no balé, no escritório?

– Que loucura! As crianças entram em férias e eu com tantas coisas para fazer. Minha vida vira um caos.

– Todo ano é a mesma coisa! Meu marido teima em "soltar" o dinheiro das compras só na última horinha.

Para falar a verdade, tirando os lojistas que esperam aumentar as vendas, é claro, até agora não ouvi nada de positivo em relação ao Natal.

Deus nos livre, se continuarmos passando esses comentários negativos umas para as outras, nem ressuscitando Freud, nem fazendo duas horas de terapia por dia, nem tomando baldes de suco de maracujá vamos conseguir nos acalmar e levantar o nosso astral.

Que tal pararmos com isso bem depressinha e encararmos o verdadeiro espírito do Natal? Relaxe. Faça o melhor que puder, mas esqueça a perfeição. Vá com calma e não se aflija com os contratempos.

Nesta época deveríamos pensar mais na alegria das crianças aguardando a chegada do Papai Noel e nos momentos mágicos que nós mesmas tivemos durante muitos Natais.

O mais importante durante o mês de dezembro é compartilhar nosso amor, nosso carinho, nossa amizade, nosso calor e, principalmente, nossa alegria com todos aqueles que nos querem bem.

Vamos nos esforçar para que a "Paz de Jesus" esteja presente no coração de cada uma de nós. Os presentes, as roupas, a ceia, os enfeites são apenas detalhes... e nada mais.

# É difícil dizer adeus

"Despedir-se de alguém querido pode ser triste, mas é também uma emoção gostosa de amor"

Você provavelmente já deve ter sentido a dor de uma separação alguma vez em sua vida. Pode ter sido de um amigo, um parente ou um grande amor. Por isso deve conhecer as emoções que sentimos na hora de dizer adeus a alguém especial.

De repente, aquele aperto no peito. Um nó na garganta que parece nos sufocar. As lágrimas que insistem em escorrer, mesmo tentando evitá-las. Depois, uma dor aguda no coração que quase nos fulmina.

Pelo menos é assim que consigo descrever o que sinto na hora em que me despeço de alguém que considero especial em minha vida. Isso sempre acontece quando a despedida é por um longo tempo.

Entretanto, não posso dizer que seja uma emoção ruim. Pode até ser triste, mas ao mesmo tempo é uma emoção gostosa de amor.

Veja bem, não estou falando da despedida na hora da morte, que é para sempre. Esta é dolorida e com um sentimento de perda irrecuperável. Falo da despedida em que você precisa se privar da companhia das pessoas que ama pelas circunstâncias da vida, do destino, por uma mudança de cidade ou de país.

Depois de um último abraço, ficaremos longe do cantato físico, do aperto de mão, do olhar carinhoso, do diálogo amigo e daquela sensação de intimidade que sentimos somente com aqueles que são nossos verdadeiros amigos e a quem amamos.

Parece que uma parte de nós mesmos está indo embora e um vazio enorme toma conta de todo o nosso ser. Mas o milagre está aí. Isso é amor genuíno e bem-aventurados aqueles que o sentem no coração.

Muitas vezes, na hora da despedida, podemos perceber o quanto amamos e o quanto somos amados. Aquela pessoa de quem estamos nos despedindo faz parte de nossa felicidade e não podemos deixar de sofrer a dor da saudade antecipada na hora da partida. Ao mesmo tempo, podemos sentir brotar a esperança de que um dia iremos reencontrá-la.

E, no fundo do coração, desejamos que seja o mais breve possível. Mas a verdade é que isso tudo faz parte da vida. São essas emoções que nos fazem vibrar e sentir que estamos vivendo, amando e sendo amadas.

Não devemos, portanto, sufocar nossos sentimentos na hora da partida. Devemos deixar fluir todas as emoções de amor e de carinho, pois esses momentos são muito especiais.

De qualquer forma, é muito díficil dizer adeus e todas nós sabemos disso. Apenas quero que você veja o lado positivo de uma despedida temporária e que transforme esse momento que poderia ser de profundo sofrimento em um momento inesquecível de amor.

## A lei do retorno

"Sinta mais prazer em dar que em receber. Esta é a lei que rege a felicidade"

Um homem rico vivia atormentado, angustiado e sem motivação na vida. Ele já havia conseguido tudo: dinheiro, poder... Enfim, ele obteve tudo o que desejou na vida. Porém, em vez de sentir-se feliz, o dominava um vazio que não conseguia preencher com nada.

Pensava ele: "Dinheiro! Para que preciso de mais se já tenho o suficiente? Trabalhar? Para que, se já consegui alcançar os mais altos cargos que desejei?"

Assim, desesperado, sem motivação na vida e com uma terrível sensação de infelicidade, resolveu suicidar-se. Desejava pôr fim a tanto sofrimento. Estava ele à beira de um penhasco para acabar com sua vida quando apareceu uma menina pedindo-lhe algum dinheiro para comprar pão.

O homem olhou para a menina e, vendo-a malvestida e abatida, sentiu compaixão. Não só lhe deu as moedas, mas se interessou em saber onde ela morava. Perguntou por sua família e ficou sabendo que sua mãe estava doente e passando grande necessidade.

O homem pensou, então: "Bem que eu poderia fazer uma boa ação antes de acabar com tudo". Acompanhou a menina até seu casebre, onde ela morava com a mãe doente e um irmão menor. Depois decidiu tomar para si o encargo de cuidar daquela família. Alimentou-a, atendeu a todas as suas necessidades e preocupou-se com ela.

Certo dia lembrou-se de sua decisão de matar-se e perguntou a si mesmo: "O que eu ia fazer? Para onde eu estava me dirigindo?" Percebeu, então, que seu desejo de morrer havia desaparecido, pois tinha encontrado uma nova motivação para viver, envolvendo-se com as dificuldades dos outros e procurando ajudá-los.

Esta história mostra o quanto é importante, às vezes, nos esquecermos um pouco de nós mesmos para tentar buscar o bem-estar dos outros.

Lembrei-me de uma outra história, agora, que cabe bem neste nosso assunto.

Um agricultor vivia numa choupana no alto de uma montanha com vista para o mar. Certa vez, durante um vendaval, ele observou que logo haveria um maremoto, cujas águas invadiriam a pequena aldeia próxima à praia. Sem tempo para avisar os moradores, ele teve a ideia de pôr fogo em sua própria casa e gritar: "Incêndio!"

Os moradores da aldeia, ouvindo seus gritos, subiram correndo à colina a fim de socorrê-lo. Com esse gesto de solidariedade, acabaram salvando-se a si mesmos, pois as águas invadiram toda a aldeia, provocando uma grande enchente.

Quando pensamos demasiadamente em nós mesmos e em nossos próprios interesses, nos abatemos com mais facilidade. Porém, quando trabalhamos para os outros, nossos esforços voltam a nós em forma de bênçãos.

Esta é uma grande verdade: sinta mais prazer em dar do que em receber, pois esta é a lei principal que rege a felicidade. Perceba o bem-estar que sente quando pratica uma boa ação. Esta é a lei do retorno.

## O prazer que vicia

"Quando temos forças para combater um vício, nos sentimos imbatíveis e vitoriosas"

"Quem consegue ter força de vontade para largar um vício tem o poder interior para comandar um exército" (G. Rubens C. Pássaro). Recentemente tive a oportunidade de comprovar a duras penas estas sábias palavras de meu pai.

Você não pode imaginar como nossa autoestima aumenta quando conseguimos combater e vencer os hábitos nocivos que vamos adquirindo durante a vida. Nos sentimos vitoriosas e realmente poderosas. Pode acreditar.

Adquiri o hábito de fumar com minhas amigas na escola. Naquela época, o fumo não era tão combatido e não tínhamos noção do quanto prejudicava nossa saúde. Começamos a fumar talvez por autoafirmação e para fazer parte de um grupo mais avançado e liberal. O prazer de estar fazendo algo proibido, os momentos de cumplicidade com nossas amigas, a satisfação de burlar as regras da escola foram os ingredientes perfeitos para nos transformarmos em fumantes.

Quando terminamos o curso, levamos, juntamente com nosso diploma, nosso certificado particular de fumante. Um demonstrava capacidade, inteligência, dedicação e perseverança. O outro, idiotice total.

Não sei de minhas amigas, mas eu continuei fumando pela vida afora. Sempre associei inconscientemente o ato de fumar àqueles momentos de descontração e cumplicidade da adolescência.

Hoje sabemos todo o mal que o cigarro faz. Mas, há bem pouco tempo, nós fumantes não tínhamos ideia de quanto veneno estávamos inalando a cada tragada. Com tantas propagandas mostrando todo o prejuízo que o cigarro nos causa, ele acabou se transformando numa coisa fora de moda, antissocial e antipática.

Como não tenho tendências suicidas, a partir do momento em que fui me conscientizando do mal que o cigarro faz, cada baforada tornou-se um tormento, um complexo de culpa. Estava me destruindo e decididamente essa não era a minha intenção.

Eu sabia que um dia teria de parar, mas sempre adiava o momento da separação. Sentia como se tivesse de perder algo muito importante na minha vida. Quando temos forças para combater um vício, nos sentimos imbatíveis e vitoriosas. Pensando nisso, tive certeza de que minha luta valeria a pena.

Para sair da rotina fui para um spa e, com um grupo de amigos, fiz um simbólico funeral: enterrei, durante um lindo e colorido entardecer, meu maço de cigarros na areia da praia onde permanecerá para sempre.

Uau! Que romântico! Agora será esse momento gostoso de solidariedade, entre meus novos amigos da "geração saúde", que guardarei para sempre na minha memória.

## Limite de tolerância

"Mesmo conhecendo o que nossas explosões possam ocasionar, não podemos evitá-las"

"Estou de saco cheio" – esta é uma expressão que define bem nossa situação quando estamos para estourar. Ao contrário do que muita gente pensa, não é um palavrão vulgar. O que acontece quando você enche um saco qualquer até seu limite máximo? Ora, é claro! Ele estoura, não é?

Pois bem. O barulho e o tamanho da explosão frente aos problemas que se sucedem na vida vão depender de nossa capacidade de suportá-los. Quando os problemas são insuportáveis, desagradáveis e sem solução, a gente supera se forem passageiros; explode se forem constantes ou então enlouquece se forem definitivos.

Cada um de nós tem um limite para suportar o sofrimento. E, se não fosse dessa maneira, viveríamos num mundo de infelizes em tempo integral.

Nós sabemos que devemos cultivar o hábito da tolerância, mas nossa paciência tem um limite. Se não somos daquelas pessoas chamadas de "pavio curto", podemos tolerar por anos a fio uma porção de pirraças, desaforos, provocações, vinganças, grosserias, indelicadezas, falta de compreensão e outros problemas. Mas pode ter certeza de que um dia iremos estourar, mesmo se formos as mais calmas criaturas da Terra.

Isso acontece porque chegamos ao nosso limite máximo de tolerância e, mesmo sabendo de todas as consequências que a nossa explosão possa ocasionar, não temos condições de evitá-la.

Muitas vezes, depois de uma grande explosão, temos que reconstruir nossa vida, pedra por pedra, assim como uma cidade após um terremoto. Felizmente, nosso organismo e nossa cabeça têm poderes maravilhosos de defesa e de restauração.

Quando sentimos que estamos nos esgotando a cada dia, pouco a pouco, com algum problema sem solução, chegamos ao nosso ponto máximo de tolerância e aí vem a explosão, como o saco que encheu demais.

Existe um nível de tolerância para cada problema. As crianças vivem testando até onde vai a paciência de seus pais, até que estes explodem e demonstram o quanto estão bravos. Assim elas ficam sabendo até que ponto podem provocá-los e vão aprendendo a lidar com os limites na vida. Aprendendo a lidar com o seu limite de tolerância e com o dos outros, a pessoa pode evitar muitas encrencas e dissabores na vida.

Infelizmente, alguns adultos, por falta de maturidade emocional, não aprenderam a respeitar os limites dos outros. Por isso existem tantas brigas e tanta agressão.

Uma das razões da violência é o desconhecimento do limite de tolerância de si mesmo e dos outros. Portanto, "não encha o saco dos outros" – nem deixe que encham o seu.

## Armas para manejar o homem

"Uma relação saudável deve basear-se
na autenticidade de ambas as partes"

É impressionante como tentam nos bombardear com conselhos e instruções para arranjarmos um marido ou segurarmos um homem. Entretanto, podemos notar nas entrelinhas que a orientação que nos dão é quase a mesma que as mulheres recebiam no século passado, apesar de termos evoluído em todos os setores.

Se você é solteira, provavelmente sua mãe, suas amigas bem-intencionadas e principalmente as revistas femininas tentam metralhá-la com todos os tipos de conselhos "úteis" para que arranje um marido:

- Sempre elogie o homem que quer conquistar.
- Demonstre que está deslumbrada pela masculinidade, pela força e virilidade dele.
- Diga-lhe o quanto está fascinada com sua magnífica inteligência.
- Deixe-o falar de si mesmo e escute-o com toda atenção.
- Não deixe escapar uma oportunidade sequer de fazê-lo brilhar.

E, se você é casada, os conselhos não são muito diferentes:

- Dentro de casa, você deve preservar o bem-estar de seu marido.
- Se o seu marido chegar em casa de mau humor, não o incomode.
- Crie em seu lar um clima agradável, de calma, e deixe seu marido em paz.
- Jamais diga que está cansada ou com dor de cabeça se o

seu marido quiser sair. Ponha seu melhor vestido, arrume-se, perfume-se e saia com ele.

• Não discuta abertamente. Se o seu marido não concordar com alguma coisa que você queira, trate de convencê-lo sutilmente, fazendo-o acreditar que a ideia partiu dele.

• Se o seu marido anda meio macambúzio, silencioso ou esquisito, não lhe faça perguntas. Trate de recorrer a todo poder de sedução feminina. Vá correndo se embelezar e aguarde os resultados.

• Se está triste, aborrecida ou enciumada, disfarce...

• Jamais esqueça que os melhores recursos para se conservar um marido são: doçura, paciência, lindas roupas e um bom salão de beleza.

• Ah! E tem mais... Controle-se e nunca faça uma cena.

É evidente que, na verdade, o que estão nos aconselhando é a submissão, a hipocrisia e a astúcia como armas para manejar o homem.

Duvido que atualmente um homem queira esse tipo de relacionamento com sua parceira.

Penso que esse comportamento feminino camuflado seria altamente ofensivo para um homem. Seria o mesmo que desvalorizar sua personalidade tratá-lo como um déspota, um monstro de egoísmo, um fantoche, um bobo.

Afinal, imaginar que qualquer mulher mais bem-arrumada e perfumada possa virar a cabeça de nosso marido é o mesmo que considerá-lo fraco, fútil e vazio.

# Rosário de lamúrias

"Em alguns momento, sentimos desejo nostálgico, uma vontade de ter uma vida diferente"

Não é preciso ser muito observadora para perceber a insatisfação na maioria das mulheres de hoje. Solteiras, casadas, estudantes ou donas de casa. Não importa. Em algum momento bate aquela sensação de que deveríamos ter escolhido outro caminho.

Devemos admitir que todas nós, em algum momento, sentimos um desejo nostálgico, uma vontade de ter uma vida diferente daquela que escolhemos.

Talvez, se tivéssemos decidido por um caminho divergente daquele que escolhemos, poderíamos ter encontrado tudo que é belo e desejado. Tudo que pudesse nos proporcionar um verdadeiro senso de realização e de plena satisfação com a vida.

A insatisfação crescente nos leva às fugas mais estapafúrdias, que não resolvem nada. Conheço muitas mulheres que acompanham todas as novelas ou passam a assistir à televisão compulsivamente, para não pensar na vida insípida que pensam que levam.

Algumas assistem a um filme após o outro para se entreter, procurando, assim, vivenciar a vida das protagonistas dos filmes. Passam a viver a vida delas, para fugirem da própria existência, a qual consideram pacata e cheia de desencantos.

Suas confidentes escutam um doloroso rosário de lamúrias e protestos: o trabalho diário decepciona e nem mesmo o amor dá paz ou alegria. O dia de hoje é igualzinho ao de ontem. Nada acontece.

Algumas se refugiam na própria fraqueza e tratam de se amparar em alguém para pôr a culpa de suas insatisfações.

Outras tomam uma atitude oposta e exagerada. Inventam

uma energia de que realmente não dispõem e passam a agir como salvadoras do mundo. Dão uma importância exagerada às mínimas coisas. Demonstram que cuidar da casa, dos filhos, fazer supermercado são verdadeiros atos de bravura. Gostam de enganar a si mesmas tentando se convencer de que são supermulheres.

Não é de se estranhar que as primeiras vivam tremendo de terror, pois sabem da precariedade de seus apoios, e que as segundas terminem seus dias exaustas e irritadas pelo desgaste supérfluo que elas mesmas se impõem.

Quando você delega sua existência a outros, não se sente dona de nada. Mas, também, se você se impõe um trabalho de escrava, os resultados não compensam.

Sejamos realistas e entendamos que não há solução para os fatos naturais da vida. Qualquer que seja o caminho que tenhamos escolhido, é esse que deve ser seguido. O importante é sermos as protagonistas e não as expectadoras de nossa própria existência.

## Prazeres da velhice

"A experiência, a vivência de cada uma das pessoas idosas é algo de inestimável valor"

Muitos consideram a velhice como uma deficiência e a própria palavra *velho* se tornou pejorativa. Entretanto, ela é uma experiência intensa e variada que deve ser vivida com orgulho.

Os idosos são pessoas irritáveis porque sofrem muito e nada neles funciona bem. Já não podem confiar em seu próprio corpo e quando contraem uma doença pensam que a morte já está se aproximando.

Embora por fora muitos deles se sintam pouco atraentes, pois na velhice perde-se o brilho da juventude, por dentro ardem com uma vida extraordinária, quase impossível de transmitir aos mais jovens.

A experiência, a vivência de cada uma das pessoas idosas é algo de inestimável valor. São coisas que somente os mais velhos possuem em abundância. Infelizmente, só serão adquiridas pelos mais jovens depois de pagarem um alto preço e depois de muito sofrimento.

A velhice realmente me intriga. Observando as pessoas da terceira, quarta, quinta... idade em minha família, noto que, ao invés de terem uma vida mais sossegada, à medida que envelhecem se tornam mais inquietas com o que se passa no mundo e ao redor delas. Noto que os mais velhos ainda querem aprender mais, se interessam por participar de tudo na família e gostam de sentir-se úteis e produtivos.

Fico surpresa ao observá-los nas acaloradas discussões familiares e sociais. Eles gostam de estar no meio das agitações e de participar do burburinho, apesar de também curtirem a ausência das outras pessoas. O silêncio para eles é algo maravilhoso, pois podem apreciar a magia de muitas coisas.

As pessoas idosas não têm trabalho, compromissos, obrigações para protegê-las da vida. A melhor maneira de se sentirem bem e seguras é ficar desfrutando as coisas simples e imediatas dentro de seu próprio muro.

As pessoas que aprenderam a gostar dos pequenos prazeres da vida, como o seu banho, sua bebida, a leitura tranquila de um livro ou um jornal, sua comida predileta benfeita, saberão ser mais felizes na velhice.

Os idosos sentem uma obrigação: não querem ser um peso. Sentem-se orgulhosos quando são independentes e se esforçam para não causar desgostos à família, como última dádiva àqueles que amam e que os amam.

A coisa mais importante na velhice é saber manter o equilíbrio, conservar-se suficientemente bem, com bastante coragem, alegria, interesse e principalmente sentir orgulho da própria vida.

# Conversa ao telefone

"A mulher erra por dar muita importância à relação; já o homem, por refrear seu sentimento"

Marido: "Ih! Tá chegando o fim de semana. Que coisa mais chata! Já pensou, ter que ficar aturando minha mulher?"

Amigo: "Eu e minha mulher parecemos dois estranhos. Quase não nos falamos."

Marido: "Ah! Mas, com as amigas, garanto que ela passa horas conversando e o assunto não acaba nunca!"

Amigo: "Bem... o jeito é carregar nossa cruz com classe."

Desligam o telefone...

Em outro lugar, não muito distante dali:

Esposa: "Aguentar marido em fins de semana é dose!"

Amiga: "Por mais que eu tente agradar, o Alfredo está sempre de cara amarrada. É um inferno!"

Esposa: "Parece que eles só estão felizes quando estão trabalhando."

Com certeza, você já deve ter ouvido esse diálogo em algum lugar. Mas será que o casamento deve necessariamente sofrer tanto desgaste assim?

E aquele romance do início? E aquele prazer de estar junto com a pessoa amada? E aquelas pequenas coisas que faziam juntos e divertiam tanto?

Um completava o outro. Viviam rindo de pequenas bobagens. Afinal, em que parte do caminho foram se distanciando ao ponto de seguirem por atalhos diferentes?

Em ambos os lados, não há solução a não ser compreender tudo isso. Compreender primeiro a si mesmo e, a seguir, o outro.

Ambos os sexos desejam realmente alguém para conviver de forma positiva.

Nos estágios iniciais, ao conhecer um homem, a maioria das mulheres erra porque tende a dar muita importância ao relacionamento. Os homens erram por se refrearem por muito tempo. Com frequência, quando estão propensos a se tornarem emocionalmente mais vulneráveis, a mulher já está se sentindo frustrada e exausta.

Na época do namoro, as mulheres sentem que os homens são mais falantes, abertos, atenciosos, compreensivos e comunicativos. Ao contrário de qualquer outro período de sua vida, o homem que corteja dá longos e românticos passeios por praias, ruas e fica acordado até altas horas da madrugada partilhando esperanças e sonhos com sua amada.

As mulheres, então, pensam que serão felizes para sempre. Depois eles se tornam cada vez mais envolvidos com o trabalho, ficam desatentos e geralmente não demonstram nenhum interesse por elas como pessoas. Conclusão: elas ficam desapontadas, sentem-se enganadas, manipuladas e zangadas.

Por outro lado, os homens começam a perceber que antes eram os primeiros da lista de prioridades de sua amada. Amigos, parentes e trabalho vinham sempre em segundo plano. Agora, já não são mais o centro das atenções de sua parceira. Ambos acabam se sentindo lesados e vão acumulando mágoas, até que seus caminhos tomam lados opostos e eles já não se entendem mais.

## Você não está sozinha

"Toda vez que nos dirigimos a Deus nos sentimos fortalecidas e restauradas"

Tenha em mente que neste momento existe alguém que está passando pelo mesmo tipo de problema que você, ou até mesmo por um muito pior. Você não está sozinha. Acredite. Sofremos porque nos sentimos abandonadas para resolver sozinhas tantos problemas. O que nos faz sofrer não é o problema em si. É a angústia de não sabermos como dar uma solução a ele. Muitas vezes não sabemos a quem recorrer em busca de ajuda. Nos sentimos, então, sozinhas, perdidas, abandonadas e, consequentemente, desesperadas. O desespero nos faz sofrer. E o sofrimento é a coisa que mais queremos evitar, não é?

Quando entramos num círculo vicioso é muito difícil sairmos dele, principalmente se não tivermos ajuda exterior.

Às vezes seu namorado, seu marido, alguma amiga, pode ajudar. Porém, cada um tem seus próprios problemas e muitas vezes nem dá bola para suas angústias. Por isso nos sentimos sozinhas e desamparadas.

Certa vez, num desses momentos, me lembrei dos dizeres de um pequeno quadrinho que havia visto numa parede: "Que paz perdemos sempre, que dor no coração, só porque não levamos a Deus nosso problema e aflição". Percebi, então, que trágico erro cometemos procurando pelejar sozinhas em nossas lutas.

Não podemos ouvir a voz de Deus nem podemos vê-lo. Por isso, muitas vezes, podemos nos sentir frustradas. Mas, se Deus se manifestasse de uma forma visível, audível e palpável já não seriam necessárias a nossa fé e confiança. Com "Sua" revelação aberta, a fé deixaria de existir, e sem fé a oração deixaria de operar milagres.

Lembre-se de que a fé é um fator importantíssimo de felicidade e de estabilidade mental. Se entregarmos nossos problemas a Deus com a fé de uma criança, com certeza não nos sentiremos mais sozinhas.

Podemos nos comunicar com Deus por meio da oração como se estivéssemos abrindo o coração a um amigo. Mas você pode estar se perguntando: "E como Deus pode se comunicar conosco? Deus pode nos ouvir e nos responder?"

Há, sem dúvida, um mistério na experiência religiosa. Mas, para responder a essas perguntas, devo esclarecer que a oração não baixa Deus a nós, mas nos eleva até ele. Não é possível que nenhum homem ou mulher reze, por um momento que seja, sem algum bom resultado.

Toda vez que nos dirigimos a Deus melhoramos de corpo e alma, nos sentimos fortalecidas e restauradas. Você já percebeu? Por isso, acredito que essa seja a melhor forma que Deus encontrou para se comunicar conosco. Por meio da oração temos a sensação de que nossas deficiências humanas estão supridas e de que tudo vai dar certo. É uma sensação plena de bem-estar.

Quando rezamos, nos ligamos a uma inesgotável força motriz que aciona todo o universo.

## Nem tudo pode estar perdido

### "Olhe para seu companheiro e procure ver o lado dele. Ele também gostaria de ser feliz"

Parece que, logo depois do casamento, algumas pessoas esquecem a regra da boa educação. Que pena! Poderiam viver tão bem se soubessem conservar o encanto que possuíam no começo do namoro.

Às vezes eu penso que, para o casamento dar certo, deveríamos mudar o nome para "república", "acampamento" ou qualquer outra coisa assim. Se amigos vivem em repúblicas, acampam juntos e conseguem se divertir a valer, por que não pode ser igual no casamento?

Por que será que o casamento deteriora o relacionamento? Não será que as pessoas é que vão se descuidando de uma coisa tão importante, que é o prazer de curtirem a vida juntos?

Quantas queixas nós ouvimos frequentemente? Quantas pessoas insatisfeitas, sem terem na verdade um problema real?

Problema real é doença grave ou um caso sem remédio, sem solução. O resto sempre tem jeito. Na maior parte das vezes pode-se salvar um casamento à beira da ruína e até ser muito feliz com o mesmo marido. Afinal, nem tudo pode estar perdido.

Entretanto, deve-se entender que amar é querer ver o bem do outro, sem egoísmo. Como no início do namoro. Lembra-se? Quem conseguir entender isso já terá grandes chances para ter um casamento bem-sucedido.

"Mas eu já não sei se amo o meu marido" – você pode estar pensando. Antes de acreditar nesse pensamento negativo, não seria bom analisar verdadeiramente os seus sentimentos, em vez de ficar se remoendo em mágoas e destruindo esse amor que existiu um dia? Não seria bom redescobrir uma chama antiga dentro de você?

Não seja egoísta. Olhe para seu companheiro e procure ver o lado dele. Pode acreditar que, na verdade, ele também gostaria de ser feliz. Ele também tem esse direito.

Eu sei que os homens são completos ignorantes a respeito dos sentimentos femininos e não conseguem enxergar um palmo adiante do nariz. São insensíveis e fechados como uma ostra. Não admitem nem para o próprio espelho suas fraquezas. Gostam de dar uma de durão e se esquecem de viver descontraidamente. São dependentes de nós, mulheres, mas podem ser torturados até a morte que jamais irão admitir isso. Jamais! Pode esquecer.

Mas eles são assim mesmo. O que fazer? Se você entender que todos os homens são iguais, não ficará magoada com certas coisas que o seu marido faz, pois na maioria das vezes ele nem se dá conta do quanto pode estar magoando você.

Graças a Deus, não é por maldade que eles agem assim. É por ignorar a alma feminina mesmo. Tenha maturidade para entender o quanto os homens são diferentes das mulheres, se você quer realmente conviver bem e ser feliz com eles.

## Um pouco de aventura

"Em pleno coração da selva, decidimos fazer um safári à noite"

Uma das coisas que me dão mais prazer é tirar férias. Sair da rotina, esquecer o relógio, vestir roupas confortáveis e coloridas, acordar todas as manhãs descontraída e sem nenhum compromisso faz com que eu me sinta livre e revigorada.

Logo pela manhã, encho os pulmões de ar, respiro profundamente e sinto a alegria de saber que estou em férias. Não tenho horários e o dia é todo meu para desfrutá-lo como bem entender.

Nestas férias, percebendo que as crianças já estão bem crescidinhas e que topam qualquer parada, eu e meu marido resolvemos fazer uma viagem diferente. Decidimos que estávamos precisando pôr um pouco de aventura em nossa vida. Depois de muita conversa, palpites e discussões, resolvemos: nosso destino seria a África.

Uau! Fazer um safári, ver os animais de perto, estar em contato direto com a natureza, conhecer os hábitos do povo africano... A excitação começou a tomar conta de todos nós desde o início e partimos no dia marcado.

Logo nos primeiros dias, resolvemos fazer um passeio de balão. Sabe aquele troço enorme que tem uma cestinha embaixo, no qual podemos subir aos céus com a leveza de uma pluma? Pois é. Posso garantir que é fantástico. Entretanto, seguindo às avessas as orientações do baloeiro, não deu outra. Na hora de aterrissar capotamos.

Rodopiando dentro daquela cestinha, espremidos como sardinhas em lata, finalmente o balão sossegou e pudemos ser retirados com a ajuda do atônito baloeiro, que, em 22 anos de profissão, nunca havia visto uma família tão atrapalhada.

Satisfeitos por estarmos ainda vivos e mais confiantes, nós decidimos, dias depois e já em pleno coração da selva, fazer um safári durante a noite. Mais emoção... Localizamos um grupo de leões famintos procurando pelo seu jantar.

Torcendo para que seu prato predileto não fosse nossa família, quietinhos e com arrepios de medo, fomos seguindo os ditos-cujos. Finalmente, depois de algumas horas, localizaram um gnu (animal do tamanho de um boi). Pobrezinho! Não teve saída. Foi capturado pelos leões e devorado bem ali, à nossa frente.

Realmente foi de arrepiar, pois quando foi caçado o bicho soltou um grito pavoroso de terror. Quase parecia humano.

Mas essa é a lei da selva. Uns caçam os outros. Entretanto, existe uma certa harmonia entre os animais: eles só matam para se alimentar e comem tudo o que caçam. Não existe desperdício na natureza. Nós, seres humanos, é que estamos bagunçando tudo.

Que pena!

Mas, de aventura em aventura, as férias foram terminando e tivemos de voltar para nossa selva de pedra. E aqui estou eu novamente. Não vou dizer que senti saudade, pois estaria mentindo. De qualquer maneira, é bom estar de volta.

## Defesa do vendedor

**"Quem defende o vendedor quando uma consumidora chega para trocar uma mercadoria um ano depois te ter feito a compra?"**

Outro dia eu precisava ir ao shopping trocar umas camisas de meu marido. Estava saindo atrasada – para variar –, e já na porta de casa, quando chegou minha irmã.

Quando soube para onde eu estava indo, lembrou-se de que por "coincidência" também tinha uma camisa de seu marido, no porta-malas do carro, para ser trocada.

– Será que você não pode fazer um favorzinho?

"Ih!", pensei, "lá vem bomba! É só a gente falar que vai a algum lugar e já aparece alguém para pedir um favorzinho..."

Como, naquele dia, eu estava com disposição, aceitei a incumbência de trocar a camisa do marido dela também. Ela, então, tirou uma sacola de compras – dessas que nos dão com o logotipo da loja – do porta-malas e, sem mesmo ver o que havia dentro, lá fui eu para o shopping.

Troquei as camisas de meu marido sem nenhum problema e depois me dirigi à outra loja – cujo nome estava na sacola – para trocar a de meu cunhado, a pedido de minha querida irmã.

Era uma loja chique e requintada onde os vendedores parecem que acabaram de chegar de Paris. Bem vestidos e cheios de maneiras. Ao entrar, fui rapidamente atendida por dois vendedores ao mesmo tempo. Quanta gentileza...

Expliquei-lhes que precisava trocar a dita-cuja da camisa por outra de tamanho menor. Mas, ao tirar a caixa de dentro da sacola, quase morri de vergonha.

A caixa devia ter estado dentro daquele porta-malas por mais de um ano.

Estava suja, amassada e, ainda por cima, toda rasgada.

Os vendedores me olharam com ar de dúvida, e naquela hora só pensei em enforcar minha irmã. Só faltou cheirarem a camisa para se certificar de que não havia sido usada. Mas, nessas alturas, até eu já tinha as minhas dúvidas.

Sem saber se enfiava a caixa novamente dentro do saco e dava meia-volta para ir embora ou se me enchia de coragem para tentar trocar a bendita camisa, resolvi enfrentar.

E, olhando para aquela caixa semidestruída, expliquei que estava fazendo um favor a "uma amiga" – nem disse que era a minha irmã. Que vergonha!

Os vendedores me olharam como se eu fosse uma trambiqueira ou qualquer coisa do gênero. Mas, disfarçando uma ligeira repugnância por mim e pela caixa, gentilmente disseram que não vendiam mais aquele modelo de camisa "há muuuito tempo" e não poderiam nem mesmo dizer qual era o valor que havia sido pago. Pois, além de tudo, nem a nota fiscal minha amada irmã havia guardado.

– Pois é. Nestas circunstâncias, infelizmente, não podemos trocá-la – disseram-me, com ares de superioridade.

Que desaforo, pensei. Se voltar para casa com a camisa sem ser trocada, aquela nanica de minha irmã vai me atormentar com aquele papo de defesa do consumidor etc. e tal.

Mas o que dizer num caso desses, "em defesa do vendedor"? Realmente, o que eles podem fazer se uma consumidora chega para trocar uma mercadoria um ano depois de ter sido feita a compra e sem a nota fiscal?

Ora, eu acho ótimo que exista um órgão que dê proteção a

todos os pobres consumidores, mas esperar tanto tempo para fazer uma troca já é muita cara de pau, mesmo.

Nesses momentos, o melhor que se tem a fazer é usar o bom senso. E foi o que eu fiz. Comprei outra camisa, no número certo de meu cunhado, e voltei para casa.

Não preciso dizer que a camisa velha, quer dizer, a que não foi trocada, está enfiada em meu armário. Mas pode acreditar que será o próximo presente de aniversário que meu cunhado receberá. Apenas colocarei a caixa velha dentro de novo e lindo pacote enfeitado.

## O martírio e o paraíso da aposentadoria

"Felizes são os aposentados que
ainda sentem entusiasmo pela vida"

Observo muitas pessoas que enquanto estão trabalhando veem a aposentadoria como se fosse um oásis no deserto. Sonham com o dia em que não terão a obrigação de se levantar cedo, tomar café apressadamente, enfrentar o trânsito pela manhã e chegar correndo ao trabalho. Sonham, sonham... e fazem milhões de planos para o dia em que não terão mais a responsabilidade de sustentar a família, educar os filhos e ficar preso ao bendito relógio.

Conheço várias pessoas que se preparam, economizam, guardam dinheiro, pensando na possibilidade de poder desfrutá-lo como bem entender quando estiverem aposentadas.

Porém, noto que muitas delas (principalmente os homens) quando se aposentam não fazem quase nada daquilo pelo qual sonharam durante muitos anos. Acabam ficando apegados demais ao dinheiro que economizaram e com isso acabam desistindo de seus sonhos e de seus planos. Quando isso acontece é que a velhice realmente chega, pois sem sonhos, sem ilusões, sem esperança, o brilho da vida vai se apagando.

Percebo que muitos se tornam revoltados contra tudo e todos. Vão ficando amargurados e culpam a família por não conseguirem realizar seus desejos.

Como já disse várias vezes, cada um é responsável pela própria felicidade. Não se resolve nada culpando os outros.

No homem a maior causa de revolta é ter perdido a autoridade e a soberania sobre a família. Os filhos já não dependem mais dele. Tornaram-se independentes e tomam as próprias decisões.

"Eu já não mando mais nada?", reclamam. Ora, esse momento não foi tão esperado? Não precisar tomar decisões o tempo todo deveria ser uma das maiores alegrias do aposentado. Não um motivo para se sentir inútil ou desprezado. Afinal, não é para isso que educamos nossos filhos? Para que sejam livres e independentes?

A vida dos aposentados tanto pode ser um paraíso quanto um martírio. Vai depender apenas de como eles encaram essa fase da vida.

Felizes são os aposentados que guardaram apenas coisas boas dentro de si, que conseguiram manter o espírito aberto para as mudanças do mundo atual, que ainda sentem entusiasmo pela vida.

Feliz é o aposentado que consegue achar graça nos erros de seus filhos e netos sem ficar nervoso. Erros que ele mesmo talvez tenha cometido. Agora pode assistir de camarote às besteiras que também fez na juventude e até se divertir.

Como é bom envelhecer mantendo o senso de humor e mesmo com o rosto cheio de rugas encontrar alegria nas pequenas coisas, como passear, ver a natureza, acordar sem pressa, acariciar o rosto de uma criança, colher uma flor e levar à pessoa com quem conviveu a vida toda. Como é bom estar aposentado sem ter perdido o romantismo e a alegria de estar entre as pessoas que ama e que também o amam.

Feliz é o aposentado que sabe envelhecer com arte, olhando a vida com os olhos da maturidade, da experiência e da sabedoria.

# O peso do mundo

"A tensão consome nossas energias e é preciso relaxar para aumentar a eficiência"

No século 19, quando ainda se viajava em diligências e, muitas vezes, nas pousadas havia pouca comodidade, um patrão e um criado tiveram que dividir o mesmo quarto.

O patrão era um homem importante, de grandes responsabilidades. Acreditava que era indispensável e não sabia como suas obras seriam terminadas caso desaparecesse. Era uma daquelas pessoas que pareciam carregar o peso do mundo sobre os ombros. Sentia que ninguém poderia resolver as coisas como ele e, assim, vivia sempre tenso, amargurado e aflito.

O criado, percebendo que seu pobre patrão se virava na cama sem poder dormir, disse-lhe afinal:

– O senhor acredita que, antes do senhor, outras pessoas tiveram em suas mãos as rédeas do mundo?

– Sem dúvida que sim – respondeu o patrão.

– E o senhor não acredita que, depois de nós, existirão outras pessoas que as terão em suas mãos?

– Claro que sim!

– Ora, que tal o senhor deixar, agora mesmo, que outras pessoas assumam também um pouco de suas responsabilidades?

O sábio criado conseguiu com essas palavras que seu patrão dormisse mais tranquilo e melhor.

Conto esta história para você perceber que a pessoa que deseja eliminar as aflições de sua vida pode fazê-lo com relativa facilidade.

Devemos pensar que a Terra esteve girando durante alguns

milhares de anos antes que nós começássemos a nos preocupar com as dificuldades da vida, e que ela ainda continua a girar.

Não devemos nos preocupar com o resultado de nossos trabalhos. Quando aceitamos que nem todos eles serão bem-sucedidos, trabalhamos sob menos tensão, de forma mais descansada e agradável.

Ouvi dizer que os caçadores de tigre da Índia sentem grande tensão enquanto estão escondidos, à espreita da caça. Entretanto, essa tensão termina assim que localizam o tigre, entrando em ação. Cada um de nós tem seus "tigres" secretos que nos preocupam: a possível perda da saúde ou de dinheiro, ser vítima de um acidente etc. Se mantivermos a coragem para enfrentá-los, não mais nos afligiremos.

Precisamos tentar nos concentrar na tarefa imediata. A concentração é o caminho real para o êxito. Sabemos que a tensão consome toda a nossa energia e nos convida ao fracasso. Por isso, o melhor é procurarmos afrouxar nossos nervos e músculos para aumentar nossa eficiência.

Devemos nos lembrar sempre de que muitas pessoas têm aprendido o verdadeiro segredo de obter a felicidade. E este segredo consiste em extrair a essência da felicidade, não do futuro nem do passado, mas de cada dia do presente.

## "Ajude-me, estou só"

"Olhe ao seu redor e estenda a mão
para quem está tão só quanto você"

A solidão pode afligir adolescentes, adultos, solteiros, casados, pobres ou ricos. Muitos acreditam que este nosso século caminha a tal velocidade que acaba atropelando nossos sentimentos, nossa sensibilidade, nos distanciando uns dos outros.

Alguns dizem que a solidão é o mal da época e responsabilizam as grandes cidades, o ritmo alucinante da vida atual, a tirania do relógio. Mas, de qualquer maneira, este é um assunto que me preocupa, pois tenho recebido inúmeras cartas com o mesmo pedido de socorro: "Ajude-me, estou só".

Percebo que não são cartas enviadas apenas de grandes cidades e que muitas dessas pessoas têm família, frequentam escolas, cursos e, mesmo assim, sentem-se solitárias.

Se o motivo não está na cidade em que vivem, se essas pessoas podem sentar-se à mesa rodeadas pela família e possuem um espaço dentro da comunidade, onde estaria o mal?

Por que estariam vivendo atormentadas pela solidão, mesmo rodeadas de tanta gente?

Penso que a solidão não é um mal moderno. A solidão existe desde a origem do homem e não tem sexo, idade, estado civil nem condição social. Ela pode atacar qualquer um, em qualquer lugar.

Pode-se mudar os fatores externos e o solitário continuará só, cercado por um muro de ferro, fechado em sua intransponível solidão. A sua solidão está na alma.

Muitas são as desculpas do solitário: "sou tímido", "seu feio", "meus pais me prendem muito", "ninguém me compreende", "em casa ninguém se importa comigo", "meu marido viaja muito", "não tenho dinheiro para sair", "me falta empregada", "não gosto de conversa fiada", "as pessoas são fúteis", "meus pais têm um gênio ruim", "tenho vergonha de trazer amigos em casa"... e por aí vai uma infinidade de queixas, mas tudo caminha para um mesmo ponto: "Estou só, me sinto tão sozinho".

Geralmente o solitário coloca seu amor num compartimento fechado, numa espécie de cofre hermético e depois não consegue extraí-lo. Seu amor fica lá escondidinho, ao invés de colocá-lo em circulação e canalizá-lo em direção aos outros.

A incapacidade de saber se comunicar com os outros no plano emocional profundo faz com que ele se sinta só.

Também, a soma de acontecimentos desagradáveis, que vão se acumulando até formar uma muralha, faz crescer em torno do solitário barreiras de incomunicação e isolamento.

Entretanto, uma pessoa adulta pode e deve conquistar por si mesma o que sempre espera de mãos alheias. Pode e deve recomeçar a vida em novas bases, de alma leve e limpa.

Olhe ao seu redor e estenda a mão para quem possa estar tão só quanto você. Quando abrir sua alma, sua mente e seu coração, permitindo que o amor saia e entre livremente em todas as direções, perceberá que não está mais só.

## As mulheres sempre sabem...

"Faça com que sua intuição trabalhe
para você e não contra você"

Até a mulher mais desligada pode conhecer profundamente um homem apenas ouvindo a sua própria intuição. Poucas pessoas percebem o valor da intuição feminina e os homens tentam ignorá-la, principalmente quando se sentem acuados.

A intuição começa primeiro com aquela vozinha bem lá no fundo de nossa alma nos advertindo de alguma coisa. No início não sabemos definir bem o que possa ser. Mas, aos poucos, começamos a ter uma sensação agradável ou de desconforto, dependendo de a intuição ser boa ou ruim.

Podemos perder excelentes oportunidades quando não ouvimos a nossa "vozinha interior", quando esta nos avisa que alguma coisa boa está para acontecer.

Muitas vezes não damos ouvidos a essa "misteriosa vozinha" e nos deixamos arrastar pelo encanto superficial de algumas pessoas para nos arrepender mais tarde. Ouvindo nossa "campainha interior de alerta" não evitaremos todos os problemas, mas estaremos mais preparadas para quando eles chegarem.

É lógico que os homens ficam muito incomodados com a intuição feminina e fazem de tudo para sabotá-la. Geralmente, eles tentam enfraquecer essas intuições negando tudo ou afirmando que você está ficando louca. Como devemos estar totalmente abertas às nossas intuições, essa atitude deles pode minar nossa confiança e deixamos de dar ouvidos a nossas intuições.

Mas toda essa sabotagem não adianta nada, pois no final eles têm que dar a mão à palmatória e reconhecer que a mulher consegue intuitivamente prever e acertar algumas coisas, quer eles queiram ou não. Como a mulher é muito intuitiva, com o passar dos anos e sempre convivendo com o mesmo homem, ela pode quase ler os pensamentos dele.

"Toda mulher sabe bem o homem que tem..." E, certamente, eles odeiam isso. Intuitivamente, toda mulher sabe quando o homem a está traindo com "outra" ou até mesmo com "outro"; se ele está mentindo; se está se metendo em confusões; se está se envolvendo com as pessoas erradas; se os negócios ou projetos dele serão bem-sucedidos ou não; e assim por diante.

A mulher pode até não dispor de provas ou de argumentos, mas intuitivamente ela sabe. Por isso, está sempre mais bem-preparada que o homem quando o inesperado acontece e reage com mais serenidade.

Infelizmente, você não pode modificar o comportamento, o caráter ou a personalidade dos outros, mas pode modificar, por meio da intuição, sua capacidade para entender e aceitar os fatos antecipadamente, sem grandes surpresas.

Acredite nesse dom que Deus lhe deu. Faça com que sua intuição trabalhe para você e não contra você.

# Diálogo mudo

“Os enamorados permanecem horas conversando sem palavras e revelam, assim, o amor que sentem”

Falar é um gesto de amor. Entretanto, há um tipo de silêncio que imediatamente identificamos com o amor e que podemos chamá-lo de diálogo mudo. Outro dia vi numa revista a foto da ex-primeira-dama dos Estados Unidos olhando para seu marido, Ronald Reagan. Não era preciso ouvir nenhum som dos lábios da sra. Nancy. Seus olhos e sua expressão diziam o amor e o respeito que ela estava sentindo por aquele homem.

Os enamorados podem permanecer durante horas conversando sem palavras, as mãos unidas, demonstrando amor mútuo com mais eloquência que qualquer discurso. O amor que os envolve lhes dá um senso de plenitude, de proximidade, e não é preciso conversar, pois as emanações magnéticas falam por eles.

Por isso, se nos detivermos nos casais que conhecemos, podemos perceber logo se eles se dão bem, se eles se entendem, se existe respeito e amor recíprocos. Desses casais emanam vibrações de magnetismo, de proximidade e de cumplicidade que os casais que vivem apenas de aparência não possuem. Geralmente nós mulheres percebemos logo essas vibrações no ar. Sabemos muito bem quando há comunicação autêntica e profunda entre os casais que observamos.

Os homens são mais desligados, não têm tanta percepção nem intuição para entender os sinais do diálogo mudo.

Mas garanto que os poucos homens que conseguem entender o silêncio do amor têm aos seus pés essas mulheres com olhar enternecido, que os respeitam e os veneram.

"Mas é falando que a gente se entende", dizem. Entretanto, a realidade é que nem sempre é assim. Muitas vezes, a palavra serve para deturpar ou esconder a verdade, disfarçar sentimentos, ocultar intenções, mascarar ideias e, com isso, as palavras só servem para erguer muros enormes na comunicação.

Mas todo cuidado é pouco para não cair em extremos. Muitas vezes o silêncio pode ser o túmulo do amor.

Homem e mulher que desejam viver bem devem aprender a revelar honestamente seus sentimentos. Seja por meio do diálogo mudo (atração magnética), seja por meio de um diálogo verbal profundo e verdadeiro. Os dois são importantes para que haja uma entrega mútua total.

Geralmente quem tem sensibilidade para entender o diálogo mudo do amor sabe manter também uma comunicação verbal autêntica com o ser amado.

# Falta de assunto

"Não precisamos nos sentir inferiorizadas quando dá 'aquele branco' e ficamos olhando para a cara dos outros sem saber o que dizer"

Acredito que todas nós, em determinado momento, ficamos sem assunto para iniciar uma conversa. Você deve conhecer bem aquele papo sobre o tempo. "Pois é. Que dia lindo, não?" ou "Será que vai chover?", ou então "Como está frio hoje!"

Esse é um papo típico de quando estamos sem assunto e queremos puxar uma conversa. Não nos lembramos de mais nada além do tempo. Falar sobre o tempo é a primeira coisa que nos vem à cabeça. Que falta de criatividade a nossa, não?

Mas esse não é um problema somente seu ou meu. Pode notar que muitas pessoas cultas, inteligentes e cheias de informações, em determinada ocasião, ficam procurando uma forma de iniciar uma conversa e, invariavelmente, começam falando sobre o tempo. Não precisamos nos sentir inferiorizadas quando dá "aquele branco" e ficamos olhando para a cara dos outros sem saber o que dizer. Isso acontece com todo mundo.

Agora, se você não consegue nunca manter uma conversa quando está numa roda com outras pessoas, então precisa fazer algo a respeito.

Você pode ficar calada por timidez, ou porque no grupo não lhe dão chance de falar, ou mesmo porque está mal informada sobre o assunto que está sendo discutido.

Se for por timidez, o problema é um pouco mais complicado e você terá que descobrir as causas de sua timidez para poder saná-la. Mas lembre-se de que, nesse aspecto, todas nós somos iguais e não há motivo para sentirmos vergonha das outras pessoas. Certa vez eu li que a melhor forma de acabarmos com a timidez, quando estamos falando com alguém que nos inibe, é imaginarmos essa pessoa fazendo suas necessidades fisiológicas. Nisso todas as pessoas se equiparam. Somos todas iguais quando nascemos, comemos, morremos ou vamos ao banheiro. Lembre-se disso e perceberá que não há razão para inibições bobas.

Às vezes, no meio do grupo em que você está conversando, existem aquelas tagarelas que não permitem que os outros abram a boca, muitas vezes o melhor mesmo é ficar calada, até que a faladeira esgote todos os seus assuntos ou fique tão rouca que a voz não saia mais.

Se o problema for porque você não sabe nada sobre o assunto do qual estão falando, não é vergonha nenhuma perguntar e mostrar interesse em aprender. Afinal, com as informações novas que surgem a cada dia, é muito normal que a gente não saiba de tudo.

Agora, se você realmente está por fora de tudo que está acontecendo e não consegue manter nenhum tipo de conversa, então está na hora de tomar jeito e procurar obter mais informações.

Uma boa maneira é tentar ler bastante a respeito de assuntos variados, ler alguns livros, mesmo que sejam best-sellers. Aliás, existe um preconceito sobre esses livros, pois os intelectuais dizem que são livros comerciais e pouco científicos. Eu não me preocupo com isso. Tenho uma verdadeira biblioteca de best-sellers. É só o livro estar na lista dos mais vendidos e lá vou eu comprá-lo, para saber por que o pessoal está gostando tanto. Foram poucas as vezes em que me decepcionei e eles me proporcionaram bons momentos de leitura.

Mas, continuando o assunto, há muitas maneiras de você se inteirar dos temas do momento. Ler revistas semanalmente e assistir à televisão já vai lhe dar uma porção de ideias sobre os assuntos de suas próximas conversas.

Garanto que, se fizer isso, você não terá dificuldades para manter um bate-papo, mesmo que para iniciá-lo fale sobre o tempo.

## Curta sem medo a força de uma paixão

"A vida jamais será completa para aqueles que não viveram um grande amor"

O amor é um sentimento forte que envolve muitos riscos. Mas não correr esses riscos é o mesmo que estar desistindo da vida.

A vida jamais será completa para aqueles que não viveram uma grande paixão. Por isso, é preciso estar atento para não deixar escapar nenhuma oportunidade quando ela surgir em seu caminho.

Pode começar quando os olhares se encontram e um raio fulminante percorre todo o seu corpo. O mundo ao seu redor para. Nada mais parece ter importância e você até ouve música – sem nenhuma orquestra estar por perto! Começa então a observar os detalhes da vida com mais intensidade, tudo adquire um sabor e um sentido especial.

Você percebe que estava se sentindo incompleta e que faltava alguma coisa em sua vida, sem saber exatamente "o quê". Então percebe que encontrou sua metade da laranja. Você chega até a suspirar, romanticamente. Essa paixão talvez seja um dos sentimentos mais poderosos do ser humano.

Quando líamos, em nossa infância, aqueles contos em que o rei dizia ao pretendente da princesa que antes de se casar ele deveria, primeiro, vencer leões, dragões ou monstros, pensávamos que fosse para testar a força física do jovem apaixonado.

O rei impunha sabiamente essas condições para medir a intensidade do amor do pretendente. O soberano sabia que uma grande paixão era capaz de fazer com que mesmo os mais fracos e indefesos – quando estão verdadeiramente apaixonados – se transformem em heróis indestrutíveis, corajosos, capazes de enfrentar qualquer coisa.

É verdade. O amor tem esse poder de dar força. Você fica cheia de energia, mais criativa, vê beleza em tudo, sua sensibilidade fica mais aguçada, o mundo parece estar transformado e a esperança renasce, volta a acreditar numa vida mais feliz, encontra alegria em viver e fica em tal estado de êxtase que parece até que está flutuando pelas nuvens. As outras pessoas notam que você está mais bonita, com os olhos mais brilhantes e a pele mais rosada, adquire uma aura de beleza que deixa transparecer todo seu interior, repleto de felicidade.

Essas são as transformações benéficas do "milagre do amor", quando estamos vivendo uma grande e louca paixão.

Entendamos, porém, que, com a mesma intensidade com que o amor nos eleva ao paraíso, ele nos despenca ao inferno. Nós sofremos, ficamos inseguras, ciumentas, cheias de dúvidas e com medo. As despedidas são tristes, e um dia de separação parece um tempo infinito. Sentimos pânico só de imaginar que podemos perder os momentos mágicos e maravilhosos que estamos vivendo. Imaginamos que eles vão desaparecer e não voltarão nunca mais.

Mas esses são todos os "temperos" que fazem com que a chama do fogo do amor se mantenha sempre acesa.

Talvez, se fosse tudo muito certo, definitivo e sem todos esses sentimentos contraditórios, amar seria uma chatice. Curtir esses momentos de amor sofrido é totalmente compensado nos momentos apaixonantes de prazer nos braços daquele que amamos.

É importante saber, no entanto, que essa paixão enlouquecedora não é um privilégio apenas dos adolescentes. Ela pode aparecer a qualquer momento e em qualquer idade. Basta apenas que a pessoa esteja aberta, receptiva, para deixar o amor entrar e explodir dentro dela.

Normalmente os adolescentes são menos seletivos e por isso conseguem viver grandes paixões nessa fase. Depois de uma certa idade, as pessoas selecionam mais, com medo de sofrer ou por preconceitos tolos. E, inconscientemente, colocam uma porção de defeitos na pessoa que poderia vir a ser seu grande amor.

Que pena! Podem perder assim a chance de viver uma paixão tão infernalmente intensa que poderia, talvez, valer por uma vida inteira.

## Não seja uma sogra chata. Ponha as noras para trabalhar

### "Minha amiga se desdobra preparando o jantar sozinha e ninguém é capaz de tirar seu próprio prato da mesa"

Minha amiga se queixava outro dia de quanto se sentia cansada. Além de trabalhar fora, quando chega em casa tem de fazer todo serviço doméstico e ainda cozinhar.

O problema é que minha amiga tem dois filhos homens e os dois estão namorando. Como eles não têm recursos para sair com frequência, ela prefere que namorem em casa. Mesmo porque teme a violência das ruas.

Até aí tudo estaria perfeito se ela não sofresse daquele mal muito comum de "síndrome de sogra", que é o medo de magoar suas futuras noras, para não perder seus filhos. Ela se desdobra preparando o jantar sozinha e ninguém é capaz de tirar seu próprio prato da mesa, muito menos lavar uma louça.

Por mais que se esforce para que percebam o quanto está cansada, de nada adianta e todos continuam seus namoricos, sem dar a mínima bola para a exaustão de minha pobre amiga.

Algumas vezes ela tentou "dar no burro para o cavalo entender", chamando a atenção dos filhos, para que colaborassem com ela, pensando que as duas futuras noras passariam a ajudá-la um pouco.

Puro engano. Mais uma vez, fizeram de conta que o assunto não era com elas. E continuaram com seu lindo traseirinho na poltrona.

Certo dia em que suas energias estavam esgotadas, minha amiga tentou aquele velho truque da dor de cabeça. Mais uma vez o tiro saiu pela culatra: resolveram o problema comprando pizzas – com o dinheiro da minha amiga, obviamente.

Ao ouvir essa história, comecei a imaginar minhas próprias filhas na casa do namorado, tendo esse mesmo tipo de comportamento egoísta. Senti a maior vergonha, só de pensar nisso. Afinal, essa postura é pura falta de educação e de orientação dos pais. Nesse momento, me dei conta de que nunca havia conversado a esse respeito com minhas filhas, apesar de enfatizar a importância da colaboração de cada um dentro de casa – principalmente quando a família é numerosa.

Então, disse à minha amiga que se uma de minhas filhas estivesse ocasionando um transtorno semelhante na casa de alguém, eu gostaria de ser avisada. Assim, poderia resolver essa situação simples, porém delicada, sem que ninguém ficasse magoado.

Para um melhor relacionamento o ideal seria que, nessa fase de namoro, os adolescentes procurassem dividir os dias entre a casa dos pais e a da namorada, para não sobrecarregar nenhum deles e para que todos pudessem desfrutar da companhia de seus filhos.

Mas o importante mesmo, para que não comecem os preconceitos contra sogra desde cedo, é parar com essas indiretazinhas e insinuações que só farão com que os jovens fiquem mais irritados e acabem perdendo completamente a vontade de colaborar.

Não permita que esse comodismo dos jovens interfira numa relação de companheirismo e amizade entre sogra, genros e noras. Logo que sentir o problema, procure solucioná-lo imediatamente. É o melhor. Caso contrário, há o risco de se transformar numa daquelas sogras chatas, pegajosas e que vivem bufando – não se sabe de que ou por quê.

Esse não é, absolutamente, um problema apenas dos adolescentes. Conheço muitas mulheres marmanjonas que, quando vão à casa de outras, se acham no direito de serem servidas como se fossem madames, sem se preocupar se a anfitriã está ou não precisando de ajuda.

Toda contribuição, por menor que possa parecer, é valiosíssima. Se cada pessoa ajudar um pouquinho nas tarefas domésticas, mesmo que a casa não seja dela, o trabalho da dona da casa será mais gratificante, a história de "escrava do lar" já era.

# O reencontro de velhas amigas

"Quando vou a um velório, lembro-me de minha infância, quando eles eram meio trágicos, meio cômicos"

As duas oportunidades de revermos velhas amigas são nos casamentos ou nos velórios.

Encaro a morte com certa naturalidade. Afinal, passei minha infância no Brás, que era um bairro paulistano habitado principalmente por imigrantes ou descendentes de italianos, portugueses e espanhóis. Naquela época, o defunto costumava ser velado na própria sala de visitas da casa. E a porta ficava aberta a quem quisesse entrar. Não preciso dizer que eu, meus irmãos e nossos amigos entrávamos em todos.

Ficávamos fascinados observando que, enquanto uns se desmanchavam em lágrimas e queriam entrar no caixão a todo custo (pedindo para ser levados junto com o falecido), outros na cozinha estavam saboreando uma deliciosa canja ou macarronada, tomando cerveja e contando piadas. Logo em seguida limpavam a boca rapidamente num guardanapo e atiravam-se aos prantos sobre o defunto.

Certa vez, tive a oportunidade de observar que um defunto foi para a cova com o rosto manchado com molho de macarrão. Soubemos depois que, antigamente, costumava-se até contratar senhoras para acompanhar os funerais chorando desesperadamente pelos mortos, em troca de um punhadinho de dinheiro. Eram chamadas de carpideiras.

Hoje, quando vou a um velório, não posso deixar de me lembrar daquela época em que eles eram meio trágicos e meio cômicos. Atualmente, já não se contratam as carpideiras e não se serve mais macarronada. Mas certamente as fofocas e as piadas continuam.

É nos velórios que temos a oportunidade de prestar nossa última homenagem ao falecido – além de reencontrar velhas amigas.

Eu tenho algumas, e sinto arrepios só de pensar em encontrá-las num funeral. Porque nos lembramos dos velórios do Brás e caímos na gargalhada. Procurando disfarçar, cobrimos o rosto com um lenço e fingimos estar chorando. Absolutamente, não é nenhuma falta de respeito com o defunto. Ao contrário, na maioria das vezes estamos sinceramente sentidas. Mas, simplesmente, não conseguimos nos controlar.

Já procuramos até saber por que temos esse tipo de atitude numa ocasião que deveria ser tão triste. Alguns disseram que é "fuga" e que não queremos encarar a realidade. Pode ser.

Mas, verdade seja dita, muitas vezes o defunto foi uma verdadeira peste durante a vida toda e prejudicou uma porção de gente. E depois de morto ouve-se muitos dizerem: "O pobrezinho era tão bom... Coitadinho, morreu como um passarinho!"

Recentemente, num velório, uma dessas minhas amigas, de tanto ouvir que o defunto havia morrido "como um passarinho", quando alguém perguntou qual foi a causa da morte, distraidamente, respondeu: "Eu não sei direito, mas, pelo que estou ouvindo, deve ter levado uma estilingada!" Pronto! Bastou para quase sermos expulsas do velório. Tentamos, então, permanecer quietas e separadas até a hora do enterro.

Mas, no momento em que todos, numa última homenagem, jogavam um punhadinho de terra sobre o ataúde, minha outra amiga, afobadamente, pegou justamente o maior torrão de terra, que, além de ter quase furado o caixão, fez um tremendo barulho. Nessas alturas, não deu para segurar mais, e nós todas, ao mesmo tempo, enfiamos nosso rosto no lenço e choramos copiosamente – mas de tanto rir. Sinceramente, foi uma vergonha. Que papelão!

Mas é assim mesmo! Quando reencontramos nossas velhas amigas, tudo pode acontecer. Desde alfinetadas e comentários maldosos até a sincera alegria em poder abraçá-las novamente. Os mortos e seus parentes mais próximos que me perdoem, mas sei que um dia será minha vez de partir e nesse dia espero que todos se divirtam bastante.

## Quem é esse homem?

"Outro dia um debate numa rádio me prendeu a atenção. Alguém falava sobre o casamento convencional, e suas opiniões me fizeram refletir muito"

Faz algum tempo. Liguei o rádio e ouvi um homem falando de uma maneira que me prendeu a atenção. Ele comentava a respeito da hipocrisia nos casamentos convencionais. Dizia que, depois de casadas, as pessoas perdiam o direito de se realizar individualmente para o resto da vida.

O tal homem também falou a respeito dos casamentos abertos, nos quais cada indivíduo, segundo ele, teria a possibilidade de se desenvolver em sua total plenitude, sem aquele destrutivo sentimento de posse que as pessoas adquirem quando se casam.

No seu parecer, esses casamentos – que chamou de "abertos" – aumentariam as chances de se atingir um grau maior de compreensão entre os casais. Tanto o homem quanto a mulher teriam, assim, condições de conversar sobre qualquer assunto um com o outro.

Mas, infelizmente, durante os longos anos de sua experiência profissional, apenas 2% – se não me engano – dos casais que conheceu é que mantinham esse tipo de relacionamento.

Quem será esse homem? – pensei, com a curiosidade aguçada. Seria um louco? Um revolucionário? À medida que ia ouvindo, percebi que era uma entrevista na qual havia também a participação de ouvintes por meio de telefonemas. Mas não consegui captar seu nome nem sua profissão.

Depois fizeram-lhe uma pergunta – uma mãe, certamente – sobre qual a atitude correta que deveria tomar em relação ao filho, que era extremamente teimoso e, assim sendo, ela precisava repetir centenas de vezes as mesmas coisas, sem obter resultado nenhum.

– Ah! Está aí o velho sermão matemo – respondeu ele mais ou menos assim. – Se as mães se conscientizassem da total inutilidade de "falar, falar, falar", parariam de falar tanto.

Explicou que esse eterno falar, essas frases vazias, ocupam a mente das mães impedindo que elas tomem consciência de sua vida sombria e se deem conta de sua completa falta de realização pessoal.

Depois, continuou falando sobre a vida da mulher casada, com filhos, proibida de correr riscos e de tomar uma decisão importante para se entregar "de corpo e alma" à relação familiar.

Como podem ser felizes os filhos de mães amarguradas, frustradas, reprimidas ou oprimidas e infelizes? Era o que perguntava ele, com muito conhecimento da situação geral da mulher.

Esse debate me fez refletir muito, pois, além de todas as regras que foram hipocritamente convencionadas ao casamento, existe ainda, infelizmente, muitas mulheres que vivem sob o comando do pai ou marido, que vão se tornando verdadeiros tiranos.

Usando dinheiro, chantagem, pressão e poder, esses homens agem sem se dar conta de que estão anulando personalidades, destruindo a felicidade alheia. Esses homens costumam usar a autoridade indevidamente, alegando estar agindo por amor, em benefício da ordem, do respeito e da organização. Geralmente apegados a uma justiça muito pessoal – isto é, à justiça que eles próprios estabelecem –, cometem as maiores barbaridades. Como justificativa, dizem que estão "dentro da razão".

Triste engano. Os relacionamentos edificados nesse tipo de comportamento vão se deteriorando, vão destruindo sentimentos.

Certamente, relacionamentos assim – além de não serem saudáveis – trazem muita infelicidade.

Depois de muito tempo de entrevista, a apresentadora encerrou o programa e finalmente fiquei sabendo quem era aquele homem: dr. José Angelo Gaiarsa, médico e psiquiatra, além de autor de vários livros.

## Vivendo... não vegetando

"Estar vivo é sentir a força que se manifesta no seu jeito de amar"

Eu penso que estar vivo é ter todas as forças da alma, do corpo e da mente, sempre presentes, vibrantes e atuantes, em cada momento e em cada situação.

Estar vivo é uma condição de felicidade que se manifesta não só com as grandes realizações como também nas situações da vida cotidiana; não só no terreno da atividade, como no campo dos sentimentos.

Estar vivo é sentir a força que se manifesta no seu jeito de amar e ser amado; estimar um amigo; enfrentar os problemas e saber desfrutar as alegrias; aceitar a rotina que é inevitável e estar disponível; ver a realidade tal como ela é, e não perder a oportunidade de mudá-la para melhor; saber defender os próprios interesses sem perder de vista os interesses dos outros; poder estar só sem sofrer a solidão; e saber viver em companhia sem perder a própria personalidade.

É difícil viver? Muita gente acha que sim. Sem dúvida, vegetar é muito mais fácil. Da mesma forma que é muito mais fácil descer uma montanha do que subi-la. Mas é do alto da montanha que se descortina um panorama vasto e deslumbrante. É lá que se respira um ar puro que enche deliciosamente os pulmões e ativa a circulação. É lá que o vento vivificante bate na face e alvo roça os cabelos, provocando uma estupenda embriaguez de poder e de juventude.

Sim, talvez viver seja difícil. Mas é tão estimulante!

O motivo principal que faz com que tanta gente se limite a

vegetar é um só: medo. Estar vivo é ser vulnerável. Afinal, só os seres vivos sofrem, têm dor e morrem.

Ora, ninguém pode evitar totalmente o sofrimento, a dor, os tormentos e as angústias. Mas, assim como os animais que hibernam, certas pessoas renunciam a uma parte da vida para não sofrer o impacto das mágoas e das aflições. Que pena!

Vegetar, para certas pessoas, torna-se um hábito, um vício até. Não conseguem se libertar nem mesmo nos momentos de maior alegria ou no instante do prazer. Seus relacionamentos afetivos são superficiais. Para elas o lema é: "Pouco se arrisca, pouco se teme". Mas o preço desse cuidado excessivo é um triste panorama árido, descolorido, sem sabor e sem vida.

O medo de viver não é anormal e não é exceção: existe em todos nós. Porém, devemos combatê-lo com o sentimento oposto, que é a vontade de viver.

Dizem que "gato escaldado tem medo de água fria". Talvez o fato de que algum dia já tenha se queimado faça com que ele pense que água queima. Durante a vida, todos nós já nos "queimamos" um dia. Entretanto, isso não justifica que vamos agir como gato escaldado pela vida afora.

Ficar se desculpando com experiências negativas do passado para deixar de viver plenamente seria o mesmo que não querer construir em terreno no qual já houve incêndio.

Enfim, cada um deve encontrar o próprio caminho, enfrentar seus próprios riscos, ganhar ou perder suas próprias batalhas. Este é o único jeito para se autoafirmar, se realizar e principalmente para sentir que está vivendo e não vegetando.

## Pão não é tudo na vida

"As pessoas poupam para os dias mais difíceis
e desperdiçam a chance de serem felizes"

Nasci e fui criada num bairro de gente remediada. Nem todos tinham dinheiro para fazer tudo que desejavam, mas, com certeza, nos lembramos com saudades daquele bairro. Quando eu e minhas amigas nos encontramos, temos a oportunidade de ficar filosofando sobre nossa vida e cada vez mais me convenço de que o dinheiro às vezes compra felicidade, mas nem só de pão vive o homem.

A vida de nossas famílias naquele bairro era muito parecida. Todo mundo gastava o mínimo possível em alimentação, roupas e transporte. Todos planejavam reformar sua casa antes de poderem se mudar para um bairro melhor. E todos, sem exceção, tinham seus próprios sonhos. Alguns desejavam simplesmente sair dali e ir morar num bairro mais luxuoso, outros sonhavam com carros, viagens, roupas bonitas etc.

O maior sonho do seu Júlio e da dona Veridiana, pais de quatro filhos, era instalar um segundo banheiro, só que nunca tinham dinheiro para isso. Entretanto, sempre conseguiam juntar um dinheirinho para sair de férias no verão. "Imagine, vivem numa casa tão pequena e dão-se ao luxo de veranear. Só podem ser loucos", alguns diziam.

Hoje, quando encontro minha amiga, que era uma das filhas deles, ouço-a dizer, rindo e feliz: "Jamais vou me esquecer das férias que meus pais nos proporcionavam. Só guardei boas lembranças daquela época".

Duvido que ela me dissesse: "Ah! Que saudades sinto daquele banheiro extra que meus pais fizeram lá em casa". Graças ao equilibrado sentimento de prioridades de seus pais, minha amiga teve realmente um desenvolvimento feliz.

Mas daquele bairro mesmo saíram também pessoas que cresceram influenciadas pelo mito de que os jovens pobres só vencem na vida com trabalho árduo e abnegação. Pude ver que essas pessoas ficaram segurando o pássaro na mão com tal ganância que deixaram de perceber que, logo ali perto, havia um lindo cisne. Pouparam a vida toda para os dias difíceis, mas desperdiçaram boas oportunidades de felicidade.

Lembro-me de que, certa vez, uma de minhas amigas viu uma tiara numa vitrine. Com os olhos arregalados, ficou cobiçando aquela tiara de plástico. Eu estava com ela quando pediu dinheiro a sua mãe para comprá-la. Ouvindo a mãe dizer que não poderia dispor daquele dinheiro, seu pai falou: "Ora, dê logo esses tostões para a menina. Nunca mais a felicidade vai custar tão barato".

A compra daquela tiara fez minha amiga se sentir uma milionária, e até hoje ela se sente feliz ao se lembrar. Quando começo a contar as histórias de meu bairro, não consigo me controlar.

## Mude o que puder...

"Se você pensar que as mudanças levarão muito tempo para acontecer, aí é que elas vão demorar mesmo"

Se seus pais a maltrataram ou não a compreenderam, esse era o jeito deles e você não pode mudar isso. Mas pode apagar todos os vestígios de autopiedade que a fazem culpar o passado pelo que você é hoje.

As respostas para seus problemas e ressentimentos estão à sua disposição aqui e agora. Neste exato momento. Por pior que tenha sido seu passado, suas decisões para viver uma vida melhor devem ser tomadas agora.

Frequentemente, as pessoas justificam sua atual infelicidade com o passado difícil. Já ouvi até dizerem que sofreram por ser filho do meio, isto é, os chamados "filhos-sanduíche". Mas tudo isso é pretexto para justificar seu comportamento derrotista.

É claro que conhecemos casos de filhos que foram constantemente surrados, o que realmente é um acontecimento muito triste, pois dificilmente se esquece. Entretanto, não se pode usar isso como escudo para se isolar da felicidade. Infelizmente, os pais que agiram ou agem assim são pessoas que também carregam uma grande bagagem de problemas em suas costas, da qual não tiveram forças nem maturidade para se livrar. Talvez alguns desses pais nem tenham percebido o estrago que suas atitudes insensatas causaram a seus filhos, por pura falta de consciência.

Se você acreditar que a causa de seus problemas está em seu passado e ficar sempre batendo na mesma tecla, tudo o que a espera no fim dessa longa viagem interior é a desilusão. Mas você pode mudar as coisas encarando tais fatos como simples realidades imutáveis da vida passada e não como problemas. Coloque a responsabilidade da mudança onde ela está, ou seja, em si agora, e não no passado e nos fatores externos.

Jamais acredite que se sentir abatida, irritada ou culpada seja algo natural. Sentimentos como a depressão e a infelicidade não são coisas naturais. O estado natural dos seres humanos é de saúde e felicidade. Quando crianças, fomos espontâneos e alegres. Só depois é que aprendemos a ser derrotistas.

Pense que, se você ficar o tempo todo tentando melhorar seu relacionamento com os outros e se esforçando para compreendê-los, é bem provável que deixe escapar o que realmente está procurando: a felicidade que flui das coisas simples da vida.

Enquanto você estiver se livrando de seus problemas passados e das âncoras que a deixaram no fundo do poço, não se esqueça de cultivar o hábito de ser feliz, com tranquilidade, para poder desfrutar o caminho. Há um provérbio que diz: "Felicidade é uma viagem, não um destino".

Se você pensar que o processo de mudança vai levar muito tempo, ele acaba levando mesmo. Quer um exemplo? Pois bem... Antigamente eu ficava enlouquecida em congestionamentos de trânsito. De um momento para o outro, resolvi mudar e, desde então, tento manter essa decisão. Já não sofro mais com esse problema, pois descobri que meu sofrimento não vai melhorar as condições do trânsito.

As mudanças, é claro, não podem ser obtidas num segundo. Mas, por favor, pare de esperar anos para conseguir mudar para melhor. Diga a si mesma: "É fácil e eu posso". Em breve você estará no caminho para uma vida nova e mais feliz.

## Modo de encarar a vida

“Em chinês, o mesmo símbolo usado para definir as crises é também empregado para designar as oportunidades”

As dificuldades e os acontecimentos desagradáveis existem na vida de todos nós. Não conheço ninguém que tenha passado uma vida inteira sem algum tipo de dificuldade. Conversando com as pessoas, você pode perceber que todas elas atravessam ou já atravessaram situações difíceis, que são muito parecidas com as que você enfrenta ou já enfrentou. Entretanto, muitas pessoas não acreditam que seus problemas sejam comuns a todo os seres humanos. Esta é a grande diferença.

Penso que o que difere uma pessoa da outra é a maneira como cada uma enfrenta os momentos difíceis do dia a dia. É maravilhoso perceber certas pessoas que, diante de qualquer situação, conseguem manter a vontade de gozar a felicidade e reparti-la. Essas pessoas reagem aos contratempos da vida de maneira otimista, positiva, e aproveitam os acontecimentos desagradáveis para crescer como ser humano.

Infelizmente, existem outras que, diante das mesmas situações, se deixam abater e ficam se lamentando. Inconformadas, passam a vida inteira como se tivessem sempre uma nuvem negra sobre a cabeça. Parece até que certas pessoas gostam de curtir o sofrimento para que os outros sintam pena delas. Talvez na esperança de que alguém se habilite a resolver seus dilemas.

É preciso entender que ninguém tem o poder de solucionar os conflitos dos outros, pois isso é uma luta puramente pessoal. Cada um de nós deve enfrentar sua cota de responsabilidade e adversidade da vida por si próprio.

Acredito que as dificuldades que temos que enfrentar são muito parecidas. O que realmente diferencia a qualidade de vida de uma pessoa é a maneira de encarar essas dificuldades.

Os problemas são como portas fechadas, que devemos ir abrindo à medida que cada um deles vai surgindo.

Toda vez que precisamos abrir uma dessas portas sentimos muito medo e ficamos muito assustados. Nunca se sabe que tipo de monstro pode ser encontrado do outro lado.

Mas, à medida que vamos conseguindo destrancar, abrir e atravessar cada porta que nos parece assustadora, vamos criando mais força e coragem para ultrapassar as outras.

O mais difícil é criar coragem para abrir as primeiras portas. As outras vão se tornando cada vez menos tenebrosas, pois, passo a passo (ou de porta em porta), testamos nossa capacidade e força para enfrentar os problemas.

Em chinês, o mesmo símbolo usado para definir as crises é também usado para definir as oportunidades. Eles acreditam que, atrás de cada problema, há a oportunidade para um crescimento, um aprendizado e até mesmo para um avanço ou progresso real na vida.

É bom lembrar-nos de que a felicidade não depende das circunstâncias externas, mas, sim, de nossos próprios sentimentos íntimos. Esta é uma lição que há séculos Jesus nos ensinou: "O reino de Deus está dentro de nós". Por isso, devemos dominar a arte de aproveitar todo o bem, seja ele pouco ou muito, que a vida nos oferece.

Viver bem é uma batalha diária e constante, que cada um tem de enfrentar com coragem e otimismo. Você tem o direito e o dever de ser feliz.

## Os são-tomés da vida

“Ser cética não é um defeito,
desde que você não seja teimosa”

Quando você está contando alguma história e chega alguém dizendo que não acredita em nada daquilo que você está falando, a primeira reação é querer matar o outro, não é?

Mas, para falar a verdade, eu gosto dos céticos. À primeira vista eles podem parecer uns chatos, pois no meio de uma conversa animada vêm com aquela: “É, mas eu só acredito vendo”.

É como um balde de água fria na conversa. Mas de qualquer forma eu gosto deles, pois estimulam meu raciocínio e ajudam a desenvolver minha capacidade de argumentação.

Os são-tomés da vida são um verdadeiro desafio para a minha inteligência.

Pense bem. Quando alguém duvida do seus argumentos, você não vai recorrer a todos os meios para provar que tem razão? Pois bem. Com isso você estará exercitando sua capacidade mental e até pode acabar aprendendo muita coisa.

Certa vez eu estava num restaurante conversando com umas amigas a respeito dos anjos, quando uma delas perguntou: “Mas que babaquice é essa?”

“Ora” – uma outra respondeu –, “quase todo mundo tem lido ou já escutou falar alguma coisa sobre os anjos. Atualmente, num mundo que foi se tornando tão materialista, é preciso mais do que nunca cuidarmos também de nosso lado espiritual. Já que se tem falado tanto dos anjos e que a maioria das pessoas admite que o anjo da guarda existe, por que não se aprofundar mais nesse assunto?”

Bem, depois de muita conversa e muita discussão, minha amiga concordou em comprar um livro que falasse a respeito dos anjos. Entretanto, continuou afirmando: "Para acreditar eu preciso ver".

Como ela iria ver um anjo não sei. Mas depois de algum tempo nos encontramos outra vez e ela estava radiante. Disse-nos que começou a ler o livro por gozação, mas, à medida que foi se aprofundando no assunto, começou a sentir uma paz interior muito grande. "Era como se realmente os anjos estivessem presentes para me ajudar a criar o céu em minha vida" – disse.

Sinceramente, eu fiquei com inveja do estado de felicidade em que ela se encontrava. O que ocorreu eu não sei, pois ainda não li o livro, mas vou correndo comprar um para mim também.

Agora, é bom lembrar que estou falando das pessoas que duvidam de tudo e não das teimosas e contestadoras por vocação.

Ser cética não é um defeito, desde que você não seja teimosa. Só assim terá condições de aprender mais sobre a vida e a melhor maneira de vivê-la com perfeição e paz de espírito.

Lembre-se de que o cético absoluto e teimoso, que desconfia de tudo e todos, vive atormentado e não consegue jamais ter paz.

## A invasão das pulgas

"Quando voltei de viagem, as pulgas haviam ocupado tudo e nos atacaram impiedosamente"

Filme de terror decididamente não é meu tema predileto. Mas, como as crianças curtem e têm medo de vê-los sozinhas, sou obrigada a lhes fazer companhia. Portanto, assisti (mesmo sem querer) a *Tubarão, O lobisomem, Os pássaros, O Homem-Cobra, As formigas gigantes, O cachorro do Drácula, Os dobermans, A baleia assassina, A mosca, As abelhas* e mais uma porção de outros bichos terríveis e peçonhentos.

Só que nada disso se compara ao "filme" daqui de casa: *A invasão das pulgas famintas.*

Elas começaram a surgir aos poucos e até pareciam inofensivas. Mas, quando voltei de uma viagem, elas haviam ocupado cada espaço da casa, e fomos impiedosamente atacados assim que entramos pela porta.

Como eu e uma das minhas filhas somos alérgicas, as danadinhas sadicamente pularam em nós duas, e o desespero que sentimos foi fichinha comparado com todos os filmes de terror juntos.

Só para contrariar, meu marido e Daniela, que não levaram uma picada sequer, diziam que era impressão nossa, que estávamos imaginando coisas.

Não posso me esquecer de Kika, nossa cachorra. A coitada se coçava tanto que chegava a chorar, tamanho seu sofrimento. Pensei que iria ficar anêmica caso não tomássemos providências urgentes.

Enquanto isso, meu marido ria e dizia que estávamos fazendo teatro. Apesar de minha torcida para que as pulgas o atacassem também, ele ficou intacto. Não levou nenhuma picadinha, infelizmente. E continuou fazendo gozações.

Senti tanta raiva que fiquei na dúvida se chamava *O exterminador do futuro* para ele ou se chamava um exterminador só de pulgas.

Foram marcados dia e hora para a equipe dedetizadora chegar e, como somos alérgicos – inclusive meu marido! –, teríamos que deixar a casa por 48 horas, no mínimo.

Sobrou para minha irmã, que "gentilmente" concordou em nos hospedar durante um fim de semana inteiro.

Depois de arrumarmos tudo, meu marido se recusou a sair de casa. Pronto! Que fazer? O pessoal esperando com as máquinas em punho e ele empacado como uma mula.

– Ok! Você venceu, pode ficar se quiser, mas eu estou indo com as crianças! – avisei.

Pedi a meus funcionários que vedassem com fita-crepe as portas, para que o escritório dele e o nosso quarto ficassem isolados.

Então saí. Não antes de cometer uma vingancinha: durante quase meia hora catei todas as pulgas visíveis de Kika. Coloquei-as cuidadosamente sob as cobertas. E lá ficaram elas, pipocando na cama onde ele iria dormir.

Fui embora, na certeza de que ele daria a mão à palmatória e admitiria que em casa realmente havia pulgas e que eram muitas mesmo.

Telefonei logo cedo na manhã seguinte, pois estava louca para ouvir o quanto ele havia se coçado a noite inteira, sem poder dormir. Ofereceria até um antialérgico ao pobrezinho empelotado. Triste ilusão!

– Em nossa casa não havia pulga nenhuma e tudo não passou

de fruto de sua imaginação – afirmou ele com a mesma certeza de que dois e dois são quatro.

Quando voltamos para casa, tive a paciência de recolher todas as pulgas mortas e secas que pude encontrar, coloquei-as numa folha branca de papel e, com uma lente de aumento, fui mostrar ao meu "São Tomé".

– Ora, mas isso é apenas um monte de ciscos – ele argumentou, mesmo vendo as "perninhas" de cada cisco.

Até agora não consegui decidir qual filme de terror é pior: *A invasão das pulgas famintas, O transtorno da dedetização, Bagunça na casa da irmã* ou *A teimosia do marido que tentou enlouquecer a mulher.*

# Meu amigo anônimo

"Ele nos ama apesar de nosso desprezo
e indiferença em relação às coisas
maravilhosas que deseja nos proporcionar"

Nesta semana recebi um fax anônimo. Não havia nada para identificar o remetente. Entretanto, o final revelava que quem o estava assinando, com certeza, era alguém muito especial. Notei depois que, quem o mandou, deveria tê-lo enviado a várias outras pessoas e provavelmente gostaria de vê-lo divulgado. Talvez você até já o conheça.

Como gostei muito do que estava escrito, pensei que você iria gostar também. Por isso, tomei a liberdade de transcrevê-lo aqui em nosso bate-papo:

**Bom dia, Boa tarde, Boa noite.**

Quando você se levantou pela manhã, eu já havia preparado o Sol para aquecer o seu dia e o alimento para sua nutrição.

Sim, eu providenciei tudo isso enquanto vigiava seu sono, sua família, sua casa. Esperei pelo seu "Bom dia", mas você se esqueceu... Bem, você parece ter tanta pressa que eu o perdoei.

O Sol apareceu, as flores ofereceram seu perfume, a brisa da manhã acompanhou-o e você nem se lembrou de que eu é que havia preparado tudo para você.

Seus familiares sorriram, seus colegas o saudaram, você trabalhou, estudou, viajou, realizou negócios e alcançou vitórias, mas não percebeu que eu estava cooperando e que teria ajudado mais se você tivesse me dado chance. Eu sei, você corre tanto... que eu o perdoei.

Você já leu bastante, ouviu muita coisa, viu mais ainda e não teve tempo de ouvir minha palavra.

Eu quis falar, mas você não parou para ouvir. Eu quis até lhe aconselhar, mas você nem pensou nessa possibilidade. Seus olhos, seus pensamentos, seus lábios seriam melhores. O mal seria menor em sua vida.

A chuva que caiu à tarde foram lágrimas pela sua ingratidão, mas foram também a minha bênção sobre a Terra, para que não lhe falte o pão e a água.

Findo o seu dia, você voltou para casa. Mandei a Lua e as estrelas tornarem a noite mais bonita para lembrar-lhe de meu amor por você.

Certamente, agora você vai dizer um "Obrigado" e me desejar uma "Boa noite".

Psiu... está me ouvindo? Já dormiu, que pena!

Boa noite, durma bem. Eu fico velando por você.

Assinado: Jesus

Eu não sei o que estas palavras provocaram em você, mas o impacto que elas causaram dentro de mim foi indescritível.

Pode existir prova maior de amor tão incondicional? Ele nos ama apesar de todo nosso desprezo e nossa indiferença pelas coisas maravilhosas que ele quer nos proporcionar.

Ele nos ama, apesar de ignorarmos toda a sua boa vontade em querer nos ajudar.

Ele nos ama, torce pelas nossas vitórias, respeita as coisas que nos são caras e importantes, luta pela nossa felicidade e se alegra com o sorriso em nossos lábios, mesmo que estejamos tão afastados dele.

Não. Não pode existir amor tão grande quanto esse. Mas, quantas vezes viramos as costas e desprezamos não só ele, como também as pessoas que nos amam e nos querem bem?

Quantas vezes somos injustos com ele e também com os nossos semelhantes?

É, meu amigo anônimo, o mundo precisa de amor, de respeito, de consideração, de carinho. E você sabe que, se tivéssemos a capacidade de reconhecer, apreciar e agradecer por tudo de bom que ele quer nos proporcionar, o mundo seria bem melhor.

## Vida cheia e alma vazia

"Devemos assumir nossa insegurança e não gastar energias tentando disfarçá-la"

Quem poderia imaginar que Beethoven, Shakespeare, Pasteur e grandes figuras da arte, da história, das ciências foram pessoas inseguras? Mesmo Sharon Stone, com toda a sua beleza, é insegura. Dá para acreditar?

Entretanto, a insegurança não impediu que essas pessoas realizassem suas conquistas e conseguissem atingir seus objetivos. A insegurança não impede nada desde que se tenha a humildade de reconhecê-la e a inteligência para entender que ela é uma realidade em cada ser humano.

É isso aí. Somos inseguros, mas procuramos de todas as formas disfarçar, pois a insegurança é vista como uma condição humilhante e vergonhosa.

Muitas vezes a vaidade desmedida, a agressividade gratuita, os melindres exagerados, as demonstrações de força, poder, coragem, firmeza e intolerância são atitudes para disfarçar a insegurança.

Pessoas que agem assim parecem estar empenhadas em demonstrar ao mundo que são seguras de si e senhoras das circunstâncias. Mas a si próprio ninguém consegue enganar.

Acredito, sem exagero, que todas as pessoas que consideramos desagradáveis (os desafiantes, os rígidos, os exigentes, os ranzinzas, os que gostam de atrair a atenção de todo mundo, os valentões, os prepotentes) têm em comum a obsessão de esconder sua insegurança ante os demais.

Quantas besteiras se tem feito por causa da insegurança!

Muitíssimas mulheres preferem desistir de uma relação amorosa, de uma carreira, de uma iniciativa qualquer por causa dessa insegurança.

Preenchem a vida com atividades que não lhes importam muito, com amizades quase indiferentes, com amores frios... Casam-se não com o mais amado, mas com aquele que lhes dá segurança.

Rodeiam-se de amigos – não os mais brilhantes, mais interessantes e agradáveis mas sim aqueles entre os quais elas possam se destacar. Vão a festas somente para cumprir uma obrigação social para causar boa impressão e não para se divertir, como seria lógico. Desse modo, ficam com a vida cheia... mas com a alma vazia.

Entendo que a insegurança faz parte de todos nós, sem exceção. Faz parte da nossa natureza, pois ninguém sabe o que o futuro nos reserva. O amanhã é uma incógnita. Não há nada garantido. Certeza só temos uma: vamos morrer. Diante disso, ninguém tem fundamento para sentir-se seguro.

Devemos assumir nossa insegurança e não gastar energias tentando disfarçá-la. Devemos simplesmente aprender a conviver com ela em boa harmonia, aceitando o fato de que tudo é incerto e de que somos todos iguais, vivendo com as mesmas inseguranças.

Em última instância, a categoria humana é uma só: gente que luta, gente que sofre, gente que esfola as mãos e os pés para escalar a montanha, porque vale a pena chegar lá em cima.

## O casamento é enfadonho e frustrante

“Se as coisas vão bem na família, vale a pena viver a vida; quando a família vacila, a vida desmorona”

Hoje acordei um pouco filosófica. Comecei o dia pensando a respeito do casamento, da família, dos filhos e da sociedade em geral. Portanto, o que vou escrever está dirigido também aos homens.

Dizem que o casamento é enfadonho, mas na verdade querem dizer é o quanto ele os aterroriza. Dizem que o casamento endurece e emburrece, mas na realidade querem dizer é o quanto se deve deixar para trás as fantasias de adolescentes e os sonhos românticos.

Para muitos o casamento tem sido uma desilusão amarga e desejam livrar-se dele, como que para se livrar também do fracasso pessoal.

O casamento hoje em dia é muitas vezes descrito como uma forma de prisão, opressão e tédio. Nem todas essas acusações estão erradas, naturalmente. Mas o casamento só representa uma ameaça para as pessoas imaturas, pois impõe uma série de responsabilidades cansativas, desconcertantes e frustrantes.

Sim, o casamento impõe um limite rígido à nossa privacidade íntima, um limite à nossa liberdade individual. Não gostamos de ser importunados, desafiados e atormentados. Grande parte de nós pertence apenas a nós mesmas, e é humilhante sermos vistas através dos olhares minuciosos e investigadores de um marido (ou de uma esposa) inteligente e brilhante.

Dizem que os filhos são uns fedelhos insaciáveis, umas drogas, mas na verdade o que querem dizer é que hoje se sabe perfeitamente da importância dos pais em relação ao futuro dos filhos.

E isso envolve uma responsabilidade amedrontadora, mais exata e mais clara do que antes. Os filhos não são uma responsabilidade bem-vinda, pois ter filhos é ter que desistir de ser criança.

E gostamos de viver como os anjos vivem: sublimes, livres, desimpedidos. Para muitas mulheres, ter filhos significa desistir de uma vida profissional ou de uma realização pessoal.

Vivemos uma época interessante, pois fazer a opção de se casar e ter filhos, na sociedade atual, é quase uma heresia.

Antigamente isso era uma rotina normal da vida. Hoje são tantos os sentimentos agressivos e antifamília que, quando alguém diz que vai se casar ou ter mais filhos, ouve: "O quê? Você deve estar ficando louco?"

Um homem que admite sincera e publicamente que ama a vida familiar e que a considera como a célula moral mais poderosa que existe, para os "amigos" em geral, é o mesmo que estar admitindo que é um fraco, dominado pela mulher, um imbecil.

Ora, que sociedade hipócrita essa! Pois o homem que tem a coragem de admitir isso publicamente deve ser considerado um grande homem. E com certeza ele é muito mais feliz e ajustado dentro da vida familiar do que esses outros, que no fundo estão mais é com inveja.

Não sou Jesus Cristo, mas na verdade eu vos digo: o que fortalece a família fortalece a sociedade.

Se as coisas vão bem na família, vale a pena viver a vida. Quando a família vacila, a vida desmorona. Pode acreditar, pois tenho experiência própria.

Seria uma mentira falar apenas sobre as dificuldades do casamento e de criar os filhos e não toda a beleza e encantamento que envolve um relacionamento familiar.

Constituir família é o destino da nossa carne e de nosso sangue. Prazeres inimagináveis e tranquilos abundam quando se percebe o movimento de uma nova vida no ventre de uma mulher.

E que Deus abençoe os milhões de casais corajosos que decidiram criar filhos, que irão alimentar, ensinar e lançar nesta vida atribulada e maravilhosa.

Sem eles a raça humana não teria futuro e não existiria a sabedoria, o progresso, a sociedade. Nada teria graça...

## Seja você mesma

"Jamais procure fora de si a confirmação de seu próprio valor"

Quando estiver querendo elogios e a aprovação dos outros, pergunte a si mesma se está satisfeita com sua atuação e sua aparência. Quando isso acontecer, pergunte-se sobre a razão pela qual precisa que outra pessoa lhe diga como você está.

Em breve vai perceber que, quanto menos aprovação procurar, mais receberá. Lembre-se de que a opinião será sempre da outra pessoa e não a sua mesma.

Aja como quiser, em vez de agir como os outros pensam que você deve proceder. Caso esteja representando um papel na sua vida que considere aprovado pelos outros, você, na verdade, está se negando como pessoa e esse papel tomou conta de sua vida.

Não existe uma maneira certa para o comportamento de ninguém. Por isso, seja você mesma em todos os momentos. Se estiver com vontade de dizer a alguém como você se sente em relação ao comportamento deste, diga-o. Assuma os riscos construtivos em sua vida. A maioria dos riscos não envolve perigo pessoal nenhum. Só ansiedade.

Você perceberá que, quanto mais se encher de coragem para fazer coisas que deseja, mesmo que sejam arriscadas, viverá feliz com mais facilidade. Pare de dizer: "A culpa é deles" em relação à sua felicidade.

Mude a forma de dizer as coisas. Mude seu vocabulário. Em lugar de argumentar: "O que ele disse fez com que eu me sentisse destruída", diga: "Eu me senti péssima ouvindo o que ele me disse".

Percebe a diferença? Enquanto você culpa o outro por se sentir destruída, entrega a ele o poder de controlar sua própria felicidade.

Assumindo a responsabilidade de que "você" se sentiu destruída em relação à atitude do outro e que não foi o que "ele" falou ou fez que a destruiu, terá sempre o poder em suas próprias mãos, para aliviar seus sentimentos e sua possível mágoa.

Seja decidida. Você é adulta, portanto, responsável por sua vida. Não precisa perguntar a ninguém o que deve fazer. Você pode querer saber de que maneira seu comportamento pode afetar outras pessoas, mas isso não quer dizer que precise lhes pedir licença. Seja sempre uma ótima companhia para si mesma. Procure, de vez em quando, ficar sozinha e deixar a cabeça em estado neutro, sem palpites de ninguém.

Jamais procure fora de si a confirmação de seu próprio valor, beleza, inteligência e personalidade. Aprenda a reconhecer seus próprios valores. Aprenda a se admirar e a sentir orgulho pelo que você é.

Mudando seu interior e sua maneira de pensar, mudará também sua aparência exterior. Garanto que sua autoestima melhorará bastante. Depois, tome a firme decisão de apreciar a vida, mesmo quando os derrotistas e resmungões estiverem resolvidos a arrastá-la para o fundo do poço. Cerque-se de rostos felizes e pare de achar que cabe a você mudar essa gente que teima em ser infeliz. Se sua expectativa de vida for viver bem, provavelmente você conseguirá.

Não entregue a ninguém, ninguém mesmo, o poder de controlar sua felicidade, satisfação e realização pessoal. Em seu mundo interior pode existir paz, segurança, saúde e proteção, mesmo que o mundo lá fora esteja um caos.

# A principal meta da vida

"A felicidade consiste em fazer o que se quer e em ter satisfação no que se faz"

Geralmente nossas metas de vida são sucesso, dinheiro, saúde e amor. Acreditamos que conseguindo essas coisas seremos felizes. A grande luta de todos nós tem sido tentar alcançar essas metas básicas para nos sentirmos realizados como indivíduos.

O perigo é que muitas vezes, durante essa batalha que travamos para vencer na vida, nos esquecemos de viver. Inúmeras pessoas que atingiram as tais metas não conseguem ser felizes simplesmente porque, na disputa para obter tudo, se esqueceram do principal: aprender a viver.

Meu Deus! Nos ensinam tudo nas escolas, mas não nos ensinam a viver. Infelizmente, não existe uma aula que nos ensine como viver da melhor forma ou como tirar o melhor proveito da vida. Não nos ensinam como devemos agir ou o que devemos fazer para sermos felizes. Por isso, minha amiga, cada uma de nós tem que se virar sozinha para aprender a abrir sua própria janela para a felicidade.

Acredito que essa deveria ser nossa grande meta básica: viver com alegria. De nada nos adianta ter sucesso, dinheiro, saúde, amor se não soubermos desfrutar tudo isto, se não soubermos dar o devido valor a tudo que possuímos, se não tivermos alegria dentro de nosso coração.

A maior riqueza que um ser humano pode encontrar não está no dinheiro, nas joias, nas casas luxuosas. A maior riqueza está dentro de cada um de nós.

E, como não existe um mapa para alcançar esse precioso

tesouro (a felicidade), devemos arregaçar as mangas e ir buscá-lo pelos próprios meios.

O importante é você não deixar a vida passar e ficar de braços cruzados. Comece agora. Comece neste minuto a sentir a felicidade dentro de você. Nunca deixe as oportunidades de ser feliz passarem despercebidas. Seja sua própria professora e recorra a todos os meios de informação que possam lhe ensinar a viver bem, sem conflitos, ansiedades, tensões e todas essas coisas que nos fazem tanto mal e prejudicam tanto nossos momentos de alegria.

Tenho repetido até a exaustão que cada um é responsável pela sua própria felicidade. Não espere que as coisas boas lhe caiam do céu. Vá à luta sempre com um sorriso nos lábios, pois essa luta vale a pena. Afinal, sua felicidade está em jogo.

Não esqueça.

Acredito que atraímos aquilo que pensamos. Por isso, mantenha em sua mente pensamentos positivos e de alegria. Isso lhe dará novas esperanças, novas visões, novas ambições e novo entusiasmo.

Se você conseguir sua grande meta, que é viver cada vez melhor e mais feliz, terá mais chances de atingir as outras. E não se esqueça de que a felicidade consiste em fazer o que se quer e em ter satisfação no que se faz.

## Meu querido diário...

"Gripe nos outros é coisinha à toa, até pegar na gente"

Aqui estou eu tentando escrever para você, entre um espirro e outro, pois, desta vez, a gripe me pegou de jeito.

Não adianta fugir. Dela ninguém escapa. ATCHIIIM!... (desculpe).

SÁBADO – uma leve indisposição.

DOMINGO – a garganta em brasa e o estado geral piorando.

SEGUNDA – estou péssima e sinto toda minha reserva de energia esgotada de tanto tossir. Lembro-me de que é o aniversário da minha prima e eu havia prometido ir jantar na casa dela.

Sei que vou perder um jantarzinho gostoso, mas não vai dar. Ligo para ela e tento explicar.

Ela não acredita. Tem certeza de que eu tenho uma "saúde de ferro" e a energia de um "puro-sangue". Fica de mal para toda a vida.

Está vendo? É nisso que dá nunca ficar doente. Quando fica, ninguém acredita.

TERÇA – Não resisto e marco uma consulta com a minha médica. Chega a hora de ir ao consultório, mas não consigo sequer me levantar. Ligo suplicando que ela venha me ver em casa, no final da tarde.

Que grande erro! Quando a doutora chega em casa, lá pelas 19h30, o ambiente começa a ferver.

Não sei por que, todo mundo começa a sentir isso ou aquilo, e meu quarto em poucos minutos se transforma numa daquelas enfermarias de hospital. Agora eu compreendo por que a consulta domiciliar é bem mais cara. Pudera! Quando um médico vai atender um doente na casa de uma família numerosa acaba consultando por atacado.

Todos querem tirar uma "casquinha" e entrar de carona na consulta do doente, mesmo que seja para levar uma injeção na bunda. Caramba!

As regras da boa educação deveriam ser alteradas. Por exemplo, em vez de primeiro as damas, deveria ser primeiro os "moribundos". Droga!

Minha vontade mesmo seria chamar uma ambulância que me levasse para um hospital bem longe, para que eu pudesse recuperar minha saúde perdida. Mas, pensando bem, seria forçar um pouco a barra. Afinal, era "apenas" uma gripezinha. Digo "apenas" pois gripe nos outros é coisinha à toa, até pegar na gente.

Pois bem. Depois de todo o lusco-fusco, depois de quatro horas de consultas, a doutora se prepara para sair quando meu marido não resiste e pede "só uma consultazinha rápida". Conclusão: ela sai de nossa casa às 23h30, exausta, e eu quase em coma gripal (se é que existe).

QUARTA – Meu corpo se recusa a me obedecer.

Depois do almoço, chega a manicure. Olha horrorizada para mim e berra: "Cruzes! Que aconteceu? Em dezessete anos eu nunca a vi assim..." Nada como nossa manicure de longos anos para nos levantar o astral.

Depois vai chegando uma porção de amigos e parentes. Ficaram sabendo que eu estava doente e passam para me dar um alô. E também aproveitam a manicure para fazer as unhas. Lógico.

Ficam conversando para me levantar o ânimo. Comentam as últimas notícias do telejornal e minha mãe decide que não sairá mais de casa. Não quer tropeçar nos cadáveres pelas ruas.

QUINTA – Hi! Hoje eu tenho que trabalhar.

Mas, pensando bem, acho que não será preciso. Do jeito que estou, vou morrer mesmo... Eles com certeza vão preencher o espaço de minha coluna na revista.

SEXTA – Epa! Acordo bem melhor. Renascem minhas esperanças. Que bom, a gripe está indo embora.

Mais bem-disposta, decido viver plenamente esta vida maravilhosa. Mas... sem gripe. Lógico!

## Os adolescentes também?

"É preciso que se tenha um ideal de vida que nos motive a enfrentar as dificuldades para podermos seguir com segurança"

Os jovens geralmente têm preguiça de ler textos longos e preferem ler revistas ou livros que tenham muitas figuras e pouca coisa escrita. Por isso, fiquei surpresa quando Carolina (à época com 15 anos) me disse que lia minha coluna na revista todas as semanas.

Carolina é amiga de minhas filhas e frequenta minha casa desde os 7 anos de idade, quando começaram a estudar na mesma escola.

Nessa conversa, ela me disse também que muitas vezes recorta nossos assuntos para poder ler quando está de baixo-astral. Imagine! Justamente ela que é uma dessas pessoas iluminadas, que quando chega esparrama entusiasmo e bom humor por todo ambiente. Jamais pude imaginar que a Carol se interessasse pelas nossas conversas.

Que responsabilidade a minha depois que soube disso. E lógico que fiquei muito feliz e orgulhosa, mas, depois dessa conversa com Carolina, fiquei curiosa para saber se outros jovens também estavam se interessando por nossos assuntos e o que os levava a ter tal interesse, pois geralmente escrevo sobre dificuldades do dia a dia e possíveis soluções positivas, mas para leitoras de uma faixa etária maior.

Por isso, comecei a investigar e soube que a Georgina (13 anos), amiga de minha filha Rebeca, também acompanha as colunas. Depois delas, conversei com outros jovens e pude, então, ter certeza de que vários deles também estavam lendo nossos bate-papos.

Percebi que os jovens têm muita curiosidade em saber o que se passa no mundo dos adultos para talvez, assim, poderem se compreender melhor.

Pode acreditar que a fase da adolescência é muito difícil, mas não é uma tragédia. Quando ficamos mais velhos, pensamos na juventude como se fosse um mar de rosas, mas nos esquecemos de quantos problemas tivemos nessa fase da vida.

Quando éramos adolescentes tínhamos uma porção de complexos, achávamos sempre que as outras garotas eram mais interessantes, mais bonitas, mais atraentes e uma porção de mais e mais... do que nós mesmas.

Depois, com mais idade, percebemos que isso tudo é bobagem, pois vamos adquirindo mais segurança em relação à vida. Na fase da adolescência, possuímos uma porção de coisas maravilhosas, mas não temos maturidade suficiente para desfrutá-las.

Ser feliz é a verdadeira meta do ser humano. Mas nessa fase não sabemos direito o que somos, o que queremos realmente e enfim quais seriam nossos verdadeiros ideais. E é preciso que se tenha um ideal de vida bem definido, que nos motive a enfrentar todas as dificuldades para podermos seguir nosso caminho com mais segurança.

Queremos encontrar nosso caminho, independência, liberdade e uma porção de outras coisas, mas não sabemos exatamente por onde começar nem como conseguir tudo isso.

Por isso vamos ficando cada vez mais confusos e inseguros, a ponto de ficarmos até revoltados e agressivos. Geralmente nossa agressividade se dirige às pessoas que mais amamos e depois nos arrependemos. Mas é com os acertos e erros que vamos aprendendo.

É exatamente quando começamos a entrar na fase adulta

que nossos pais começaram a colher os frutos de todo o sacrifício e de toda a paciência que tiveram, tentando nos auxiliar em nosso desenvolvimento.

Vamos nos tornando pessoas mais conscientes, mais maduras, mais realizadas e aprendendo a viver e a conviver melhor com o mundo e com os outros.

Entretanto, nunca devemos nos esquecer de que cada pessoa é responsável pela sua própria felicidade. Portanto, é uma luta somente nossa, individual e de mais ninguém.

## Homens, nós já não precisamos de vocês!

"Por que será que os homens têm tanta dificuldade para entender as necessidades de independência feminina?"

Se você ainda acredita naquele ditado que diz "por trás de cada homem bem-sucedido na vida existe uma grande mulher dedicada", pode começar a desacreditar.

Hoje em dia, à medida que nós mulheres estamos a fim de participar mais ativamente deste mundo que pertenceu sempre a todos nós (e de que os homens haviam tomado posse indevidamente), queremos também alguém que nos dê ânimo, que nos incentive e nos apoie.

Entretanto, enquanto nós mulheres procuramos a autorrealização fora ou até mesmo dentro de casa, os homens estão se sentindo ameaçados em seu território machista.

Uma amiga estava se tornando uma chata irritadiça e pouco comunicativa. Resolveu, então, desabafar com o marido sobre seus mais íntimos e profundos sentimentos. Confessou-lhe que estava se sentindo insegura, que as crianças estavam crescendo e já não precisavam tanto dela e que tinha receios de que um dia ele pudesse arranjar outra mulher, ir embora e deixá-la.

Comunicou-lhe que havia pensado bem e decidido arranjar um emprego, pois tinha a sensação de que não havia ficado muita coisa daqueles anos todos como dona de casa. Queria muito ter a sua própria identidade e se encontrar como pessoa.

Em vez de procurar entendê-la, a reação dele foi a de um típico marido chocado pela liberação da mulher.

Estupefato, acusou-a de estar tendo uma crise de meia-

-idade, de estar sendo injustiçado, pois sempre acreditou que fazia o melhor pela família, que ela não tinha motivos para se sentir insatisfeita porque nada lhe faltava, além de ela estar sendo ingrata por tudo que ele havia feito. Assustado, disse-lhe ainda que achava que na verdade era ela quem estava pensando em abandoná-lo.

Ufa! Como a cabeça de um homem pode ser tão complicada!

Por que será que a maioria dos homens sente necessidade de controlar tudo?

Por que será que os homens acham tão difícil dar o mesmo apoio espontâneo que as mulheres tantas vezes dão a eles?

Por que será que muitas vezes a comunicação e o diálogo entre marido e mulher parecem estar bloqueados pelo receio ou pela desconfiança?

Por que será que os homens têm tanta dificuldade para entender as necessidades de independência feminina?

Eu penso que os homens sempre foram treinados para serem lógicos, práticos, racionais... e não emocionais. E, quando a mulher toca no assunto de seus problemas emocionais, eles simplesmente não querem ou não conseguem entender.

Assim, quando uma mulher – como essa minha amiga – usa o argumento de que deseja ser autossuficiente, não pelo dinheiro, mas por realização pessoal, muitos homens ficam perplexos.

O problema é que as mulheres já entenderam que a qualidade de vida familiar melhora quando elas se sentem realizadas, quando o marido ajuda na criação dos filhos, e que seus relacionamentos florescem quando existe maior compreensão mútua e maior entendimento emocional.

Muitos homens cresceram sem entender a importância da

ajuda emocional. Nunca aplicaram tempo refletindo sobre a qualidade de um relacionamento.

O enfoque é sempre sobre a quantidade de dinheiro que entra e sai, e encaram o lar como um porto de abrigo contra as tensões do trabalho, não como um lugar onde possa desenvolver uma relação profunda e significativa. Na verdade, a melhor resposta para todos esses conflitos que já não deveriam existir mais é que os homens têm pavor de que um dia a mulher acabe por declarar: "Nós já não precisamos de você".

Mas quanto a isso eles podem ficar tranquilos, pois dentro de cada uma de nós ainda existe a necessidade de sermos amadas e protegidas por eles.

## Dever: um verbo que atrapalha a vida

"Tive que me desfazer de muitos bloqueios que me impediam de viver minha própria vida"

Alguns dos melhores e mais livres momentos de minha vida foram quando "dei um tempo" e deixei de me preocupar com todos aqueles "Você deve, você não deve" que ouvi durante anos. É impossível viver em paz e sem culpa cada vez que estamos querendo fazer alguma coisa que fuja um pouco das atitudes a que estamos condicionadas.

Dá bem para lembrar quantas vezes ouvi: "Você deve ser educada; deve ser amável e gentil; deve dormir pelo menos oito horas por dia; não deve sentir ódio; não deve ser desobediente; não deve ser mal-educada".

Mas o pior foi ter ouvido infinitas vezes: "Você deve primeiro cumprir suas obrigações antes de se divertir".

Se cumprisse à risca todos esses "deves e não deves", viver para mim seria um tédio total. Que péssimo! A vida se resumiria apenas a obrigações, deveres e não sobraria mais tempo para fazer o que realmente eu gosto.

Onde entraria a diversão, a alegria, o prazer, a satisfação de compartilhar com amigos momentos de confidências e intimidade? Teriam de ficar sempre em segundo plano?

Quando comecei a namorar, minha mãe, com princípios morais muito rígidos, advertiu-me de que "não deveria" fazer nada que sentisse vergonha de dizer a ela ou a meu pai.

Bastou para que eu sentisse culpa toda vez que estava sozinha com meu namorado e nossos carinhos começavam a esquentar um pouquinho.

"Que droga!" – eu pensava. – "Tudo que é bom (aliás, o mais gostoso) não devo fazer".

Entendo, agora, qual era a verdadeira preocupação deles.

Acredito que nossos pais sempre tiveram as melhores intenções, tentando fazer de nós pessoas educadas, capazes e independentes. Penso, apenas, que levaram essa responsabilidade muito a sério, exagerando no verbo "dever".

As normas de comportamento estão mudando rapidamente. Muitas coisas que eram "erradas" há pouco tempo hoje passaram a ser aceitas pela sociedade.

Os modismos vão e voltam e não se pode fazer nada a respeito deles. Por isso, não merecem o esforço. Por exemplo: meu sobrinho resolveu usar brincos e, quando informou esse desejo à família, todos ficaram pasmos, passados. Então começou uma campanha familiar para fazê-lo desistir da ideia: "Que horror, homem de brincos? Ah! Só faltava essa..."

Tanto bate-boca por uma modinha passageira. Ora, os piratas, afinal, usavam brincos e eram muito machos.

Os verdadeiros valores é que merecem verdadeira atenção. Os meios de comunicação, principalmente a televisão, colocam a juventude atual em contato com uma variedade enorme de estilos de vida. E isso não quer dizer que eles poderão perder seus valores morais. Muito ao contrário. Quanto menos repressão, maior responsabilidade e maior compreensão do que é certo ou errado.

O objetivo maior deverá ser sempre a formação de indivíduos mais livres, sem culpa e felizes. O resto é resto.

Tive que me desfazer de muitos bloqueios que me impediam de viver minha própria vida.

Comecei selecionando tudo o que havia escutado durante

anos para poder analisar e sentir o que realmente deveria ser guardado, respeitado, levando em conta o que seria bom para mim, minha vida e felicidade.

O resto – sem ser muito "egoísta" ou muito "boazinha" – apaguei da memória.

Somente cuidando da própria felicidade teremos condições de contribuir para a felicidade dos que nos cercam.

## Balão de ensaio

"Você só conhecerá o seu potencial, só saberá do quanto é capaz se tiver a oportunidade de se testar"

Quando minha amiga soltou no jardim de sua casa de praia as duas tartarugas que estavam presas há muito tempo em seu apartamento, elas ficaram várias horas paradas, sem saber exatamente para onde ir.

Olhando para elas, percebi que era como eu estava me sentindo: insegura e sem rumo.

De repente, elas notaram que estavam livres e num lugar aprazível. Foram adquirindo confiança e saíram cautelosamente a explorar o novo ambiente.

Observando as duas tartarugas, fiquei analisando minha vida. Eu teria de fazer o mesmo, mas rapidamente, não tão devagar.

A insegurança, portanto, era natural. Entretanto, eu teria que me readaptar com urgência à nova situação, pelo meu próprio bem e, principalmente, pelo bem de minhas quatro filhas.

Por onde e como recomeçar eu não sabia. Mas tinha certeza de que encontraria força e coragem para enfrentar tudo, sem cair em depressão e mantendo o bom astral, desde que continuássemos com saúde. Porque o que mais me derruba é ver alguém doente em casa. O resto eu iria resolvendo conforme os problemas fossem aparecendo.

De nada adiantaria eu me desesperar ou ficar no fundo do poço. Eu teria que agir e reagir. Mais uma vez, arregacei as mangas e fui à luta. Claro que apanhei um bocado, mas experimentando aqui, errando ali, resolvendo acolá, as coisas foram se ajeitando.

O que eu gostaria de passar a você é que, se analisarmos bem, a vida é toda feita de acertos e erros. Isso nos dá a experiência necessária para amadurecer com sabedoria.

Você só conhecerá o seu potencial, só saberá do quanto é capaz se tiver a oportunidade de se testar.

Para você entender melhor, pense em alguém com uma vida acomodada, na qual tudo corre dentro de uma rotina certa e segura, mas nem sempre feliz. Esse alguém passa uma vida inteira cercada de toda a proteção contra qualquer situação nova, diferente. Esse alguém não correrá riscos, mas pode acreditar que também não terá a oportunidade de aprender, crescer e evoluir como pessoa. Esse alguém não terá chance de aprender mais nada além daquilo que está dentro de seu mundo fechado e seguro.

Agora, pense em alguém que faz a opção consciente de aprender o máximo que puder durante sua permanência terrena.

Esse alguém terá de abrir mão de todo o comodismo, de toda a rotina e provocar todas as oportunidades que conseguir para seguir se testando, autoanalisando e consequentemente aprendendo com todos os riscos que as novas situações oferecem.

Seria como um balão de ensaio. Arrisca colocar um ingrediente novo disto, mais um ingrediente estranho daquilo, mais uma pitada daquilo outro e vai criando sempre novas fórmulas para buscar a felicidade e o conhecimento de que se necessita.

O risco desse balão é que muitas vezes as fórmulas não dão certo e... pluft! Tudo explode.

Mas o que importa mesmo é a satisfação de saber que se tentou e que sempre existe a possibilidade de tentar outra vez, até chegar à fórmula ideal.

A vida deve ser encarada como um balão de ensaio. Observe

os bebezinhos quando começam a engatinhar e a se locomover. Vão testando tudo que veem pela frente.

É incrível como em tão pouco tempo eles conseguem aprender e assimilar tantas coisas. Logo aprendem que as tomadas dão choque, que o fogo queima, que o piso molhado escorrega, e assim por diante.

Mas, à medida que o bebezinho cresce, os adultos começam a adverti-lo sobre tantos perigos que logo ele começa a sentir medo e aí já não se arrisca tanto e seu aprendizado fica mais lento. Que pena!

Seria tão bom se todos tivessem a oportunidade de fazer seus testes no balão de ensaio da vida...

## Que quer você?

"Pense grande e queira tudo o que a vida pode lhe dar"

Uma das coisas que mais gosto de fazer e que me dão prazer é despertar o entusiasmo nas pessoas.

Não posso admitir ninguém desanimado, sem forças para enfrentar a vida.

Fala-se muito em destino, mas, se ficar esperando as coisas que deseja de braços cruzados, não conseguirá jamais sair do lugar em que se encontra. Portanto, reaja!

É preciso dar uma ajudazinha ao destino se quiser alcançar seus verdadeiros objetivos.

Mas quais serão seus verdadeiros objetivos? Você sabe?

Muita gente reclama da vida, mas, na hora de responder a essa pergunta, fica indecisa, sem saber exatamente aonde quer chegar. Como é possível ser feliz sem nem ao menos saber o que quer?

O melhor meio que vejo para você ser feliz é dar o que deseja. Mas, para isso, é preciso saber o que você quer realmente para melhorar a sua vida.

Afinal, que quer você?

Perguntando a algumas pessoas conhecidas, selecionei algumas respostas que podem ajudá-la a encontrar seu caminho na busca pela felicidade.

Muitas querem dinheiro e tudo o que o dinheiro possa lhes proporcionar. Outras querem bem-estar da família e dos filhos.

Algumas, as que têm muitas atividades, gostariam de um pouco mais de descanso.

A segurança do futuro foi citada algumas vezes.

Plena satisfação sexual é uma das coisas que as pessoas com as quais conversei querem muito também.

Algumas pessoas querem apenas o "pão nosso de cada dia", ou seja, comida na mesa.

Eu quero ser grande e me sentir importante, foi a resposta mais fantástica que me deram.

Mas, de qualquer forma, pude perceber que, de modo geral, as pessoas, na hora de dizer o que querem para suas vidas, ficam limitadas e seu mundo vai se tornando cada vez menor.

Pois bem: se você me perguntar o que eu quero: "Eu quero tudo isso e muito mais..."

Acredite. É possível, desde que coloque mais entusiasmo em sua vida.

Você quer dinheiro para ser feliz? Pois bem. Corra atrás dele. Não fique de braços cruzados.

Quer o bem-estar de sua família e de seus filhos? Pare então de ficar criando caso com besteiras dentro de sua casa e crie um ambiente agradável, aconchegante, onde todos sintam prazer em permanecer. Já é um bom começo.

Quer um pouco mais de descanso? Ora, pare um pouco, pelo menos para pensar. Está correndo tanto a troco de quê? Para chegar mais rápido ao cemitério?

Senti pena daquelas pessoas que só desejam segurança no futuro. Olhando apenas para o futuro, deixam de viver um maravilhoso presente. Penso que uma certa preocupação com o futuro é até válida, mas sacrificar o aqui e agora é demais.

Se você quer ter plena satisfação sexual, tente ser atraente, arrume-se mais, seja mais sedutora e se prepare para desfrutar de seus momentos de paixão. Você é capaz. Acredite.

Se você é daquelas que já se satisfazem apenas com o alimento de cada dia, é apenas isso que vai conseguir na vida e mais nada. É muito pouco, não acha?

Vem agora o desejo de ser grande e de se sentir importante. Parabéns para quem respondeu isso. Acertou na mosca.

Todas nós temos esse desejo, pois faz parte do ser humano. É o que nos diferencia dos animais. Gostamos de ser apreciados e não podemos negar isso.

Nosso amigo Freud já dizia: "Necessidade sexual e o desejo de ser grande são os dois motivos que emanam de mim e de você".

Portanto, seja grande, pense grande e queira tudo que a vida possa lhe dar. Ponha mais entusiasmo em sua vida, tendo sempre em mente que você merece.

## ...e fomos felizes para sempre

### "Cinderela, provavelmente, teria os mesmos problemas de adaptação no casamento"

Gostaria de voltar a ser criança novamente. Para correr aos braços de meus pais sempre que me sentisse desamparada e ferida. E ter outra vez a chance de brincar no mundo do faz-de-conta.

Infelizmente, só depois que nos casamos é que começamos a valorizar nossos pais. Quando solteiras, nossas responsabilidades se resumiam a estudar, cuidar de nós mesmas e algumas vezes fazer uma média dando uma maõzinha nas tarefas domésticas. E achávamos que já era muito.

Sentávamos à mesa nas horas das refeições com comida quente e fresquinha. Quando queríamos alguma roupa, vinham lavadas e passadas. Usufruíamos de tudo, sem nos darmos conta de que dentro de nossa casa estava a fada madrinha. A mãe!

Por mais que os pais se esforcem, não conseguem nos transmitir a experiência da vida. É um trabalho cansativo e frustrante, mas eles nunca desistem, nem mesmo quando os chamamos de chatos. Quantas dificuldades tiveram de passar, tentando nos transformar em equilibrados, responsáveis e independentes? Nessa época não damos a mínima bola e preferimos sempre o conselho de nossa melhor amiga, cuja experiência é igual à nossa. Mas o ciclo da vida continua... Crescemos no tamanho e na vontade de nos libertarmos. Namoramos, noivamos e casamos. Viva a liberdade! Nos livramos de nossos pais palpiteiros, donos da verdade.

Casados, então, achamos que será como na história de Cinderela: "E foram felizes para sempre". Mas, se a história tivesse continuado, o príncipe acordaria de madrugada resmungando com os berros do pimpolho faminto. Coitado dele, caso não se levantasse para ajudar a princesa, esquentando mamadeiras, ai dele. No corre-corre das noites maldormidas já começariam as primeiras desavenças.

Casamos com a sensação de que será como nos contos de fada. Mas o relacionamento a dois só começa mesmo depois do casamento.

Agora, por experiência própria, podemos concluir que provavelmente Cinderela teria os mesmos problemas de adaptação no casamento, as mesmas dificuldades para criar e educar os filhos, as mesmas angústias e alegrias da vida conjugal.

Não digo isso porque "as uvas são verdes" (aquelas da raposa despeitada) ou porque esteja querendo arruinar a história de nossa "ídola" infantil. Mas quero que você perceba que a vida é assim e, talvez, se fosse diferente, seria uma chatice. Nossa princesa teria verdadeiros acessos de tédio, vivendo num palácio onde tudo fosse maravilhoso e perfeito. Algumas dificuldades do cotidiano até que dão certo sabor à nossa vida: a empregada falta, os filhos brigam, a comida queima, a campainha e o telefone tocam ao mesmo tempo, chega visita inesperada, não deu tempo para você se arrumar, o cachorro suja o sofá, a geladeira pifa e, para piorar a situação, o marido reclama – pois não nos sobra tempo para fazer os carinhos de que ele tanto necessita para não virar "sapo" outra vez.

Com tudo isso, desenvolvemos a capacidade de resolver várias coisas ao mesmo tempo, para evoluirmos e adquirirmos a experiência que tanto nossos pais tentaram em vão nos transmitir. Mas só passamos a acreditar neles depois de termos passado por tanta dor, sofrimento e confusão.

Seja como for, as histórias que nos foram contadas servirão de alguma maneira para o enriquecimento de nossa vida anterior.

Algumas vezes teremos de ser princesas, muitas vezes somos a madrasta e outras tantas a fada madrinha.

Não só. Sabemos também que, outras vezes, estaremos no papel da bruxa. Ou do Joãozinho fazendo o feijão crescer na panela para render mais. Ou, ainda, e inúmeras vezes, o Mágico de Oz – usando todos os truques para o dinheiro durar até o final do mês.

## Brigas nunca mais

"Não há dúvida de que a mulher pode ser o grande equilíbrio dentro do lar"

Brigas dentro de uma mesma família. Quando a discórdia acontece entre membros de uma família muito conhecida, infelizmente vem a público, todo mundo se acha em condições de ser advogado ou promotor.

Sabemos que brigas correm em qualquer relacionamento. Principalmente dentro do ambiente familiar. Ainda assim, nem sempre conseguimos evitá-las.

Ninguém sabe quando, como ou por que elas começam. Pode ser até mesmo por uma bobagem qualquer. O que se sabe é que, de repente, as vozes vão ficando alteradas e as pessoas vão se tornando cada vez mais agressivas. À medida que a discussão prossegue, pode-se até chegar à violência.

Cada um quer defender seus pontos de vista com unhas e dentes, para vencer, impor suas razões e moldar o outro a seus desejos. Muitas vezes para punir por uma simples discórdia ou por alguma mágoa antiga, a família se divide. Há quem tome as dores de uns ou de outros. Inicia-se, assim, uma guerra que pode durar anos.

Ninguém quer perder, mas no final todos saem perdendo, os que conseguiram ferir mais conservam um incômodo sentimento de culpa; os que saíram feridos guardam um rancor que só com muito esforço e boa vontade conseguem superar.

O pior é quando o senso de justiça se converte em obsessão. Aí uma simples discussão pode acabar em tragédia. Não existe maior mal que não saber se conter, deixando-se dominar pelo desejo de vingança.

São muitos os sentimentos negativos que estão presentes numa briga e isso é muito triste. Deteriora um relacionamento entre pessoas que se amam.

Imaginem o desgosto de uma mãe que criou seus filhos com tanto sacrifício e carinho, dedicando momentos preciosos de sua vida para formar um lar unido e harmonioso, quando percebe que todos os esforços foram por água abaixo. Que terrível sensação de fracasso vendo seus familiares se destruindo por causa de orgulho, vaidade, rancor ou mesmo pelo poder e até por dinheiro.

Quando uma família é numerosa, é impossível não haver algumas desavenças durante tantos anos de convivência. Afinal, nenhuma família é perfeita. Mas é preciso usar de equilíbrio para pôr um fim às brigas.

Por experiência própria, posso afirmar que quanto mais unida for uma família, maiores serão as chances de haver desentendimentos, pois cada um é diferente do outro em temperamento, caráter e personalidade. Eu e minha família costumamos nos reunir quase semanalmente. Isso já virou tradição. Durante as reuniões coisas incríveis acontecem. Além de todos tentarem falar ao mesmo tempo, fazendo um barulho tremendo, as crianças são muitas e diferem em tamanho e idade. Do mesmo modo que brincam, também brigam. Já desde pequenas, possuem certas rivalidades entre si. Mas posso garantir que as que mais brigam são as que mais se amam, se admiram e se respeitam. E o comportamento dos adultos não é muito diferente.

O grande segredo de um bom relacionamento está na arte de respeitar o outro com suas opiniões, defeitos e qualidades, sem querer subjugar, manipular.

Não há dúvida de que a mulher pode ser o grande ponto

de equilíbrio dentro do lar e na sociedade, pois somos mais conciliadoras, mais afetivas, perdoamos com mais facilidade e somos menos rancorosas.

Portanto, cabe a nós uma maior responsabilidade ao tentar, sempre que possível, acalmar os ânimos quando percebemos que a conversa está indo em direção à discórdia.

A natureza feminina possui preciosas qualidades: calma, doçura e humildade. E temos o dever de usá-las em benefício da harmonia familiar.

## Quer me ouvir, por favor?

“Escutar a outra pessoa com atenção é uma virtude, uma arte nobre que demonstra gentileza e consideração”

Aprendemos desde cedo que, para fazer sucesso socialmente, devemos ter a capacidade de impor nossa conversa. Pensando assim, quando alguém nos passa a palavra, nos agarramos a ela sem darmos nenhuma brecha para que outros possam falar também.

Acreditando que estamos sendo brilhantes na arte da conversação, acabamos nos tornando uns tagarelas chatos e inconvenientes. O que dizer, então, daquelas pessoas que adoram falar de si mesmas o tempo todo? Existe coisa mais maçante?

De qualquer forma, fomos desenvolvendo e aperfeiçoando a arte da boa conversação e nos esquecemos de aprender a escutar.

Observe como são poucas as pessoas que sabem realmente ouvir.

Durante uma reunião de amigos em minha casa, enquanto todos estavam animadamente conversando, eu comecei a servir uns salgadinhos que eu mesma havia preparado.

A cada pessoa que eu ia servindo, dizia: “Experimente, hoje coloquei veneno na receita”. Ninguém vacilou. Comeram e ainda disseram que estava uma delícia. Nenhuma delas prestou a mínima atenção no que eu havia dito. Se eu estivesse tendo um ataque súbito de insanidade mental, a esta altura todos estariam mortos.

Numa outra ocasião, durante uma festa, conversando com um convidado, contava-lhe um fato ocorrido comigo no alto de uma montanha.

Em certo momento perguntei: “O que você acha?” E ele, não tendo ouvido uma palavra do que eu havia dito, respondeu: “Ora, deve ter sido maravilhoso". "Maravilhoso? Acabei de lhe contar que quebrei a perna por causa desta minha maldita mania de aventuras!"

Não fiquei aborrecida. Eu mesma, muitas vezes, me distraio e percebo que não presto atenção em nada do que as pessoas estão me dizendo.

Geralmente, enquanto as pessoas estão falando, deixamos de ouvi-las para já ir elaborando nossa próxima história. Ou então, presunçosamente, achamos que já sabemos o que a outra pessoa irá dizer em seguida.

Devemos admitir que poucas são as pessoas que realmente sabem escutar com sensível consideração o que as outras estão falando. Muitas vezes achamos uma pessoa atraente pelo simples fato de que ela nos ouviu com atenção e interesse.

Escutar é estar realmente atento ao que a outra pessoa está dizendo. Saber ouvir com atenção é uma virtude, uma arte nobre, que demonstra gentileza e consideração.

Não é preciso ficar muda, pois a pessoa que estiver conversando com você poderá se sentir ridícula e desistir. Demonstre que você está ouvindo, dizendo, de vez em quando, "Realmente?" ou "É mesmo?"

Desenvolva sua sensibilidade para poder entender exatamente o que a pessoa está querendo transmitir.

Lembro-me de que ficava terrivelmente irritada com minha avó quando dizia: "Você vai sair desse jeito, neste frio? Nada disso... Vá colocar mais um agasalho!" Hoje, com saudade, entendo que, na verdade, o que ela estava querendo me dizer era: "Eu te amo e me preocupo com você". Por isso é importante que entendamos a verdadeira mensagem quando ouvimos alguém.

Se a pessoa estiver contando algum problema pessoal, demonstre solidariedade, mesmo que isso signifique se expor ao medo, à fúria e ao desespero da outra pessoa, pois muitas vezes esses sentimentos estão presentes também em nosso íntimo. Devemos ouvir sem julgar antecipadamente. Ouvir com calma e sem demonstrar ansiedade em encerrar a conversa.

Aprendendo a ouvir teremos maior oportunidade de aprender coisas novas e interessantes, pois cada pessoa é única, especial e representa um mundo cheio de experiências próprias e individuais.

Pratique essa arte e depois perceba a diferença que faz.

## Em tempo: nas férias, volte a ser criança

"Passei as férias todas fazendo programas improvisados – sempre pensando e me colocando no lugar das crianças"

Durante o período de aula de nossos filhos, temos todo nosso tempo preenchido por várias atividades e responsabilidades. Começamos a nos cansar da rotina, da correria e de horário para tudo, mas não conseguimos escapar. Nosso senso de dever nos impede.

Até que ponto vale o sacrifício de assumirmos tantos compromissos, deixando de aproveitar melhor a vida? Nem eu nem você sabemos.

Temos hora para tudo: dormir, acordar, almoçar, hora para isso ou aquilo. E, assim a vida vai passando tão depressa.

Mas, enfim, chegam as férias... UAU! Que delícia! Estamos livres da escravidão de tantos horários.

Como nem todos estão em condições financeiras para ir à praia, campo, sítio ou qualquer outro lugar, o jeito é passar as férias em casa mesmo. E, se você não agir com espírito esportivo, pode perder a esperança: suas "férias" serão um verdadeiro suplício.

Sem todas aquelas atividades do período escolar, as crianças gastarão suas energias destruindo e desarrumando a casa – além de brigarem o dia todo com os irmãos.

Você será chamada a cada minuto para separar brigas e suas férias se transformarão num inferno.

Mas lá vou eu com mais uma de minhas experiências, que deram certo e não necessitam de muito dinheiro. Há passeios que custam quase tanto quanto uma passagem de ônibus. Basta apenas você ter vontade de curtir, brincar e voltar a ser um pouco criança novamente.

Certa vez, nas férias, quando já estava quase enlouquecendo, decidi viver, olhar e sentir como as crianças. Elas apenas vivem e saboreiam cada minuto. No mundo infantil, tudo é cheio de fantasias, e foi assim que decidi passar minhas férias.

Programei um passeio ao Pico do Jaraguá – em São Paulo, na capital mesmo – com mais ou menos quinze crianças. Cada uma levou um lanche, fizemos um piquenique e, até hoje, todos se lembram daquele dia com saudade.

Para criar um clima de fantasia infantil, me coloquei no lugar da personagem de *A noviça rebelde* e levamos até um toca-fitas com as músicas do filme.

Naquele dia me empolguei tanto que acabei quebrando o pé. Mas, como não queria perder meu passeio, me recusei a desistir e só fui ao hospital no dia seguinte.

Meu pé já estava tão inchado que o médico se recusou a engessá-lo. Apenas enfaixou e pediu que eu ficasse com as pernas elevadas durante cinco dias, para só então estar em condições de ser engessada. Eu deveria me locomover de muletas.

Lá fui eu e todas as crianças atrás de um par de muletas. Por uma dessas ironias do destino, o endereço que me forneceram estava errado e o local que nos indicaram era exatamente perto da Estação Ana Rosa do metrô.

Não preciso dizer que, quando as crianças perceberam, ficaram empolgadíssimas com a ideia de dar "só uma voltinha" de metrô. Como havia decidido pensar e agir com o espírito de criança, depois de achadas as muletas, lá fomos nós andar pela primeira vez no metrô de São Paulo.

Pode estar parecendo programa de "índio", mas que foi superdivertido, isso foi mesmo.

Voltei para casa com meu pé triplicado em tamanho, mas todos estávamos alegres e incrivelmente felizes.

Dessa maneira passei as férias todas fazendo programas improvisados – sempre pensando e me colocando no lugar das crianças. Assim, consegui me sentir magicamente como uma delas, me divertindo – mesmo com o pé quebrado.

## Não gosto do meu corpo

"Minha impaciência é minha maior inimiga.
Por isso, tenho sido mais cautelosa para
conseguir um corpo de que eu realmente goste"

Cada vez mais, centenas de pessoas estão trocando uma poltrona confortável, um livro interessante, uma boa feijoada, um copo de cerveja por alguns músculos doloridos e um manual de calorias.

Estão mergulhando de cabeça nas academias de ginástica, em busca de um corpo esbelto e escultural. Pelo jeito, não sou só eu que não gosto do meu corpo. Parece que não estou sozinha nisso. Pode apostar!

O primeiro sintoma de que estamos precisando urgentemente mexer o esqueleto é quando começamos a nos dar conta da lei da gravidade. Tudo parece estar caindo. E lá vamos nós correndo, numa maratona de aeróbicas, localizadas, alongamentos e halteres.

Quando iniciamos a maratona, logo nos imaginamos com cintura de miss, barriga reta e pernas de um puro-sangue. Mal sabemos no que estamos nos metendo!

Isso já aconteceu comigo várias vezes. Conheço perfeitamente todo o processo que irá se desenrolar a partir dessa "firme decisão" de entrar em forma.

Antes de começar, faço uma espécie de despedida das delícias da mesa e saboreio tudo de que gosto, com um certo sabor de nostalgia. Afinal, terei que me privar de todas essas comidas gostosas, mas que engordam.

Com essa inocente despedida, já ganho uns 2 quilos a mais

de peso. Tento me lembrar de tudo que eu gosto, para não sentir falta de nada enquanto estiver fazendo a dieta. E como tudo, até enjoar.

Triste ilusão! Logo após os primeiros dias, estou me controlando como uma maluca obcecada para não correr até a doceria mais próxima e me empanturrar de hidratos de carbono.

Certa vez, animada com certo anúncio de um aparelho de musculação, telefonei toda eufórica e encomendei um completo. Quando chegou, já comecei pagando um alto preço, com uma terrível dor nas costas só ao montá-lo.

Mas tudo vale pelo prazer de me olhar no espelho e ficar satisfeita com o que estou vendo.

Para falar a verdade, minha cabeça trabalha mais do que meu corpo. Fico imaginando como ficarei magra, linda, e já vou recebendo os elogios por antecipação: "Nossa! Como você está em forma, que corpo bárbaro... O que faz para manter esse corpo assim tão jovem e esbelto?"

"Ora, eu já nasci assim" – não resisto à tentação de responder. Mas só Deus sabe à custa de quanto sacrifício.

Bem, se você for como eu, já conheço a doce euforia do começo do primeiro dia. Logo pela manhã, começo com uma torradinha e uma xícara de café com leite desnatado, naturalmente. Depois entro na maratona de corridas, ginásticas, musculação etc. etc.

À noitinha, já começo a sentir o efeito de toda a extravagância: as costelas doem mais que dor de dente, os músculos todos latejam e não consigo nem subir uma simples escada sem gemer.

No dia seguinte, então, nem se fala. A barriga, os quadris e as coxas estão em petição de miséria. Quando inspiro dói, quando expiro chocalha tudo. Um horror!

Sarcasticamente, minha filha pergunta: "Por que é que você está andando desse jeito?"

"Bem... é a única maneira que eu estou conseguindo" – respondo um pouco sem jeito.

Mas assim mesmo lá vou eu outra vez... Desistir, jamais!

Geralmente, em dois dias, eu que era uma jovem cheia de vitalidade, apenas com um pouquinho de excesso de peso e com a cintura mais grossa alguns centímetros, acabo me transformando numa forte candidata a um concurso de corcundas de Notre-Dame.

Bem, agora compreendo que minha impaciência é minha maior inimiga. Por isso, tenho sido mais cautelosa para conseguir um corpo de que eu realmente goste.

## Uma herança de Deus

"Em minha ida à praia, pude observar que, se as pessoas não facilitarem mais sua vida, jamais encontrarão paz de espírito, aonde quer que possam ir"

Li e ouvi várias vezes que o sofrimento nos dá chance de adquirir maturidade e mudar nossos valores em relação à vida.

Pude conferir essa verdade nos últimos meses, que foram, talvez, os mais difíceis de minha vida.

Se meu objetivo sempre foi alcançar a felicidade plena, no meio de tanto sofrimento não estava tendo condições de ver as coisas belas e positivas ao meu redor.

Eu teria de reagir rapidamente para não cair na "fossa". Por isso, no meio de uma tempestade, precisei tirar alguns dias de férias para pôr minha cabeça em ordem e reavaliar o que seria realmente importante para mim.

Descobri que as pequenas coisas podem nos proporcionar enorme felicidade, e bastou apenas olhar à minha volta nesses dias de isolamento para analisar com o coração aberto os presentes que Deus nos dá, mas que muitas vezes não temos olhos para enxergar.

A beleza de nossa terra está ao alcance de qualquer um de nós. Basta que tomemos consciência disso para termos momentos de verdadeiro êxtase e prazer.

Pare por uns momentos, feche os olhos e imagine uma paisagem linda, o mar, o céu azul, a areia e toda a vegetação abundante com flores coloridas a seu redor.

Todo esse encanto, essa magia e deslumbramento que a natureza nos proporciona é um direito de todos nós, que herdamos desde a hora de nosso nascimento.

Uma das riquezas que herdamos é o mar. Não existe diversão mais barata e econômica que a praia. Para poder desfrutá-la você não precisa pagar nada. Tomar um banho de mar nos proporciona um imenso prazer e é de graça.

Outra diversão gostosa que o mar nos oferece é a pesca. É sempre uma surpresa quando se recolhe a linha e se vê o que foi pescado. Muitas vezes pode ser um tênis velho, uma chupeta ou qualquer coisa que esteja no fundo do mar. A pior coisa que eu já pesquei foi uma dentadura. Até hoje me dá aflição só de lembrar. Mas ela foi assunto para uma porção de histórias.

Pode acreditar que pescar acaba com qualquer estresse e tensão do cotidiano. É um esporte saudável e divertido. Quanto menos experiência você tiver, mais divertida será sua pescaria.

É claro que nem tudo é um mar de rosas. Outro dia eu estava na praia, quando percebi uma família com oito pessoas chegando. A primeira impressão que tive foi de que um circo estava chegando à cidade e todos pareciam mulas de carga.

Carregavam cadeiras, esteiras, guarda-sol, caixas pesadas de isopor com bebidas, sacolas com lanches e mais uma parafernália incrível de apetrechos. Enquanto montavam esse circo todo, brigaram uma dezena de vezes, se xingaram e por pouco não acabaram indo embora.

Porém, quando já estavam todos acomodados, se aproximou um vendedor de biscoitos e amendoim. Pronto. Começou toda a anarquia novamente.

– Com tanta comida que trouxemos... Vocês nunca estão satisfeitos... Que droga! – a mãe berrava.

Mas não adiantou. As crianças não queriam nada do que haviam trazido.

Queriam biscoitos e amendoim. E, após muita discussão, o que elas acabaram ganhando foram umas "bolachadas" do pai, que a essas alturas estava enlouquecido.

Eles conseguiram transformar uma simples ida à praia num ambiente de batalha, e se ouvia choro a todo instante. Isso porque talvez estivessem desejando levar para a praia todo o conforto de sua sala de visitas.

Pude observar que, se as pessoas não facilitarem mais sua vida, jamais encontrarão paz de espírito, aonde quer que possam ir, mesmo com todas as coisas boas que a natureza nos oferece de graça.

Para podermos desfrutar todos os prazeres que a praia nos oferece, devemos deixar de lado todo o conforto ao qual estamos habituados e mergulhar de cabeça nessa aventura no oceano.

Lembre-se de que a natureza é uma herança de Deus e todos nós temos o direito de usufruí-la, independentemente de nossa condição financeira, cor, raça ou nível sociocultural.

## O refúgio da fé

"Todos nós precisamos de um porto seguro, um abrigo para recorrer em tempos de aperto. E esse refúgio seguro é a fé"

Para desenvolver da melhor forma possível sua personalidade você deve ter algo a que se apegar, e esse algo é justamente a fé religiosa.

Compare uma pessoa que acredita em Deus, que tem confiança, com uma pessoa cética e desconfiada. Um crente e um ateu, por exemplo.

As pessoas que eu conheço que não acreditam em Deus são cheias de amargura e desconfiança. As outras têm mais fé na humanidade, no presente – ainda que reconheçam suas falhas – e também no futuro – mesmo sabendo que haverá dor e trabalho.

As que creem sabem que a vida não termina com a morte, enquanto que as incrédulas dizem que a morte é o fim de tudo.

O rosto das pessoas de fé pode ser um estudo de plena felicidade e contentamento. Enquanto que o das céticas reflete inquietude e seus olhos expressam a desconfiança que sua mente abriga há muitos anos.

Como a criança que necessita do colo e do calor da mãe, como a ave que necessita de um ninho ou como o barco que necessita de um porto seguro, todos nós necessitamos de um refúgio para recorrer em tempos de aperto. E esse refúgio seguro é a fé. A fé é o que nos segura e nos consola quando estamos sofrendo. Ela nos dá segurança quando estamos em dúvida.

Não há como o perigo da morte para fazer com que as pessoas voltem seus pensamentos para Deus. Mas, passado o perigo, esquecem-se dele e até chegam a sentir vergonha. Pois, infelizmente, acham que se apegar a Deus é uma fraqueza e procuram sufocar os sentimentos espirituais da religião em seu coração.

É muito triste perceber que algumas pessoas só recorrem à oração quando estão passando por situações muito difíceis ou até mesmo trágicas em sua vida. Porém, é muito pior quando se envergonham logo após ter rezado.

Isso me faz lembrar de uma anedota que meu pai costuma nos contar.

Um homem necessitava atravessar uma ponte sobre um enorme precipício. A tal ponte estava velha e quase em total ruína. O homem olhava para a ponte e para o abismo à sua frente e sentia um pavor terrível.

O pânico o impedia de atravessá-la. Então decidiu fazer uma promessa a Nossa Senhora, para que ela lhe desse coragem e para que o protegesse enquanto estivesse atravessando a ponte.

Momentaneamente, sentiu-se corajoso e iniciou, então, sua travessia. Entretanto, como era um homem de fé exígua, logo após os primeiros passos começou a duvidar da ajuda de Nossa Senhora.

Amedrontado, fez outra promessa. Dessa vez a Santo Antônio. Se conseguisse chegar ao outro lado são e salvo, faria um trabalho de caridade em prol dos necessitados de sua cidade.

Mas, novamente, sua descrença o traiu e, suando por todos os poros, pediu a São Benedito que o ajudasse. Ou seja, fez mais uma promessa.

Mais à frente a ponte começou a ranger. Parecia que realmente iria arrebentar. Inseguro quanto à eficiência de seus santos, o homem pediu então a Santo Agostinho que o ajudasse. E mais uma vez prometeu mundos e fundos em troca da "ajudazinha".

Muitas rezas, muitas promessas e muitos santos depois, finalmente o homem conseguiu atravessar a tal ponte. Mas, assim que se viu em terra firme, virou-se e, com aquele gesto desaforado que nós bem conhecemos, deu uma bela "banana" para a ponte, para os santos e todas as suas promessas.

Podemos tirar dessa história, contada por meu pai, vários ensinamentos. Mas o mais importante é perceber que as promessas feitas e não cumpridas demonstram falta de caráter e ingratidão. Lembre-se de que ninguém pode saber quantas pontes terá ainda que atravessar na vida. Por isso, devemos ser fiéis às nossas crenças e promessas.

Se você quiser provar uma nova experiência, que tenho certeza melhorará sua vida, resolva viver um dia inteiro confiando plenamente em Deus. Aprenda a não se desesperar nem ter medo. Sempre tendo a certeza de que Deus a atende em tudo e que tudo vai bem.

# E o vento levou... tudo

**"A princípio parecia bom lavar a alma na água da chuva, mas logo percebemos que aquele vendaval não seria tão inofensivo assim"**

Areia não é meu prato predileto, mas tive que comer um bocado no dia do vendaval. Exagero? Não mesmo. As pessoas que estavam na Baixada Santista no dia do vendaval sabem disso. Principalmente as que estavam na praia. Mar calmo. Céu limpo. Que vidão!

Mas... em questão de minutos começou a surgir no horizonte uma linha preta que foi crescendo... crescendo... Epa! O que é aquilo?

– Nada, apenas uma chuva de verão – diziam.

Uau! Com aquele calor, uma ducha vinda do céu não seria má ideia. Ir embora ou ficar – eis a questão. Não pudemos resistir à tentação da aventura. Ficamos.

O céu foi se dividindo em duas cores: um lado preto e outro azul. A massa escura foi se aproximando rapidamente e a excitação foi tomando conta de todos que decidiram lavar a alma com a água da chuva.

Podíamos perceber a chuva se aproximando com uma velocidade incrível. Mas não pudemos notar nenhum indício de vento, pois parecia cair pesada e verticalmente.

De repente... Vupt! Tudo começou a voar: cadeiras, guarda-sol, esteira, chinelos, bolsas. Tudo.

As boias que minha filha de 7 anos estava segurando soltaram-se e voaram com a velocidade do vento. Outra lufada e plupt. Lá estava minha filha no chão. Tá vendo no que dá não se alimentar direito? A correria era geral. Cada um correndo o quanto podia para tentar alcançar os seus "trecos". Minha prima teimava em segurar sua cadeira de alumínio que estava sendo arrastada pelo vendaval. Um homem tentou ajudá-la e ela pensou que ele estava tentando assaltá-la. Pode?

Enormes galhos de árvores se partiam e passavam raspando pela nossa cabeça. Cabos de alta tensão estouravam e pipocava, espalhando faíscas como se fossem fogos de artifícios. Lindo... O piso dava choques elétricos com os fios soltos pela calçada e todos pareciam estar dançando uma espécie de dança maluca. As rajadas de vento eram tremendamente fortes. Meus olhos, narinas e ouvidos se enchiam de areia. Eu não podia enxergar quase nada.

Correndo de um lado para outro quase sem rumo, pois o vento não permitia que eu fosse para o lugar que estava pretendendo, localizei a barraquinha da "Tita", onde ficávamos sempre reunidos.

Quando avistei o carrinho, me pareceu uma centopeia cheia de perninhas. Lá estava minha família toda agarrada a ele para que não voasse e se partisse todo. Corri até lá, lutando contra a chuva, o vento, a areia. No mar, as ondas começaram a se elevar e a formar vagalhões de mais de 2 metros de altura.

E se der um maremoto e o mar avançar para cima da gente também? Nessas horas os pensamentos mais absurdos passam pela cabeça. Teríamos que sair de lá e procurar um lugar mais seguro para que pudéssemos nos abrigar. Impossível, não podíamos soltar o carrinho de lanches pois fatalmente ele se espatifaria todo. Não podíamos deixar o dono da barraquinha na mão.

Foi quando avistamos um carro entrando na praia vindo em nossa direção. Minha filha Patrícia havia conseguido buscar socorro.

Tentamos, então, nos locomover empurrando o carrinho. Conseguimos escorá-lo no muro. O carrinho estava a salvo, mas nós ainda em perigo. Por isso fomos entrando no carro bem rapidinho.

Sentando uns no colo dos outros, se ajeitando no porta-malas e onde tivesse espaço, conseguimos recolher amigos, parentes e vizinhos. Quinze pessoas se espremeram dentro daquele automóvel.

Chegamos todos em casa sujos e como pintos molhados. Estávamos a salvo. Mas e os outros? Voltei então à praia com mais dois amigos para ajudar as outras pessoas.

Ufa! Que aventura! Teria feito Indiana Jones sentir arrepios com tanta emoção. Mas o que eu senti mesmo foram arrepios de puro medo. Por isso, aventura nunca mais!! Hum... Será!?

## Minha admiração pelos atores

"Apesar de não poder ir ao teatro tanto quanto gostaria, fico deslumbrada com a facilidade dos atores para me transportar para dentro da história"

Eu sempre fiquei fascinada com a capacidade dos atores de se transformar num personagem que, muitas vezes, não tem nada a ver com a verdadeira personalidade deles.

Apesar de não poder ir ao teatro assistir a todas as peças que eu gostaria, quando vou fico deslumbrada com a facilidade com que os bons atores conseguem me transportar para dentro da história.

De repente, como num passe de mágica, eu estou "viajando" e sentindo as mesmas emoções que os personagens.

Entro no mundo do faz de conta e ali, naquela hora, tanto posso me sentir uma rainha quanto uma escrava em busca de liberdade, ou apenas uma mulher em busca da felicidade.

Geralmente uma peça tem a duração de duas horas, mais ou menos. Nesse pouco tempo, consigo me desligar de meus problemas.

Pode acreditar que, por meio dos personagens, você pode viver as emoções, os sonhos e os desejos que estão reprimidos e que muitas vezes você não tem condições de libertá-los.

Por isso, admiro e respeito os atores. Eles nos proporcionam momentos de intensa alegria, conseguem nos arrancar gargalhadas e também nos emocionam. É por isso, também, que quando vamos ao teatro saímos de lá mais leves, sem tensões e bem mais descontraídos.

Se as pessoas pudessem imaginar o efeito positivo e benéfico que o teatro nos possibilita, certamente iriam mais vezes prestigiar os atores e os espetáculos de nossa cidade.

Eu sei que a situação não está para peixe, que o dinheiro anda curto e que todos estão atravessando um período de dificuldade, mas leve em consideração que você merece momentos de prazer e de lazer em sua vida. Você tem o direito de se presentear – mesmo que seja eventualmente. Além do teatro há o cinema e as novelas, que proporcionam algumas horas de distração.

Mas, para mim, o teatro exerce um fascínio muito especial. Talvez seja porque desde pequena ouço falar do trabalho, das dificuldades e do talento dos atores de teatro. Meus pais viviam conversando a esse respeito. Mesmo porque meu pai possuía um grupo de amigos e, com eles, fazia cinema e teatro amador.

Enquanto meu pai adorava o que fazia, minha mãe detestava. Ela achava que era apenas um pretexto para ele cair na gandaia.

Quando papai falava conosco sobre essa época, minha mãe fechava a cara. Mas ele sempre acabava nos entusiasmando com sua empolgação.

Guardo comigo até hoje fotos dele representando e fico imaginando que, apesar de todas as dificuldades, papai conseguiu fazer o que realmente gostava. Hoje ele pode se considerar um homem feliz, pois além disso conseguiu realizar tudo o que sentiu vontade.

Certa vez, quando chegou em casa vindo do teatro altas horas da madrugada, minha mãe estava esperando-o com o sapato na mão. Para descarregar a raiva que estava sentindo, quando ele estacionou o carro – que era o xodó dele –, ela quebrou todos os faróis do automóvel com o salto do sapato.

Até hoje papai não se conforma que ela tenha feito isso e damos boas gargalhadas quando relembramos o fato.

Seja como for, apesar de minha mãe não ter gostado muito

dessas aventuras, ela nunca o impediu de nada. Minha mãe é uma grande mulher.

Bem, até agora eu falei dos atores profissionais que se transformam nos personagens por vocação mas que na vida real possuem uma linha de comportamento sempre igual. Eles se transformam apenas quando estão representando. Isso é talento.

Mas há pessoas que, na vida real, estão representando o tempo todo.

Ah! Em tempo: não deixe de ir ao teatro sempre que puder.

## Sorria ou chore: você decide

"O importante é saber que temos a opção de rir ou chorar dependendo da vontade e da decisão de cada uma de nós, diante das situações em que a vida nos coloca"

Você acorda... come... dorme... Por comodismo vai vivendo dia após dia, sempre fazendo as mesmas coisas. Tudo começa a ficar tão monótono que você chega até a pensar que a vida é uma droga.

Pudera. Desse jeito a vida é uma droga mesmo. Você não sente mais vontade de se aventurar, correr risco, experimentar e aprender coisas novas, conhecer gente diferente ou mesmo conversar sobre assuntos diferentes. Tudo é sempre muito igual. Chega a ser deprimente. O importante é começar a lutar, reagir e não permitir que a monotonia se instale dentro de você.

Que tal começar logo pela manhã ao acordar? Olhe-se no espelho e, mesmo vendo um rosto amassado ou empapado, "sorria". Afinal, essa é a sua cara e, mesmo que note umas ruguinhas aqui ou acolá, ótimo. Você está envelhecendo e só não envelhece quem morre cedo.

Pessoalmente, como pretendo viver muitos anos, quem sabe até os 150, já estou me preparando para cada ruguinha que for surgindo. Penso: "Que bom que estou caminhando para chegar lá".

Mas você não é obrigada a pensar como eu e, ao se olhar no espelho, pode cair no choro por uma simples marquinha do tempo. Será que essa atitude não serve só para piorar as coisas e fazer com que já comece seu dia aborrecida?

Diante desse dilema, penso que, se você der um sorriso para si mesma, logo nessa primeira hora do dia, além de melhorar sua fisionomia vai se achar mais engraçada. Garanto que seu astral melhorará.

Depois, comece a modificar alguns hábitos simples. Para variar, tente inverter a hora de tomar banho, de escovar os dentes, enfim, de pequenas coisas que você costuma fazer todos os dias.

Quando dizem que "viver é uma arte" pode acreditar que é mesmo. Precisamos usar todo nosso talento e "jogo de cintura" para viver um dia de cada vez, da melhor maneira que pudermos.

O importante é saber que temos a opção de rir ou chorar, dependendo da vontade e da decisão de cada uma de nós, diante das situações em que a vida nos coloca.

Muitas vezes minha melhor opção é chorar para poder desabafar e me sentir aliviada quando a situação está preta. Algumas vezes choro de emoção, apenas assistindo a um filme ou lendo um livro. Este é um choro gostoso, pois a capacidade de sentir emoções me faz bem. Certa vez assisti a um filme cujo título era *Fernão Capelo Gaivota,* que conta a história de uma gaivota que curtia a sensação de voar.

Fernão Capelo tentava sempre novas e diferentes acrobacias, gostava de voar o mais alto que podia e depois mergulhava deliciosamente no mar. Muitas vezes, nas suas tentativas de voos estapafúrdios, esborrachava-se contra os rochedos. Mas o que valia a pena para ele era a liberdade de poder tentar até acertar.

Enquanto assistia ao filme, minha filha mais velha passou pela sala e não entendeu nada. Eu estava chorando e na tela só apareciam gaivotas. Intrigada, ela me disse que nunca viu ninguém chorar tanto só por causa de um filme de "passarinhos".

Mas minha filha não podia compreender que eu estava emocionada pela coragem, audácia, persistência e tenacidade daquela gaivota sonhadora. Apesar de ser criticada pelas outras gaivotas, ela não desistia nunca, pois sabia que seu desejo de vencer era ilimitado.

Devemos ser como Fernão Capelo Gaivota: mesmo que nos cortem as asas, jamais deveremos desistir do prazer de voar e viver plenamente.

A vida é como a escolha de um filme. Você pode escolher entre uma comédia ou um drama, dependendo de sua vontade de rir ou chorar. A opção é sua, mas procure se divertir mais e chorar menos. Ok?

## Só uma reclamação: pare de reclamar!

### "Não assumimos compromisso nenhum conosco nem com os outros para pararmos de reclamar"

Quando alguma coisa não sai como você estava esperando, o que você sente? Raiva, frustração, sensação de fracasso, decepção, angústia, depressão, tristeza ou tudo isso ao mesmo tempo?

O que fazemos, então, quando alguma coisa não está dando certo e experimentamos todas essas sensações incômodas?

Muitas vezes nada além de reclamar.

Estamos adquirindo o hábito de reclamar de tudo. Quero fazer uma sugestão: anote em um papel todas as reclamações que tem feito ultimamente.

Sem ler o que você escreveu, posso avaliar, mais ou menos, quais foram – pois todos nós reclamamos de coisas muito semelhantes.

Reclamamos do salário, do emprego, da condução que atrasa, do trânsito, da vizinha, do cachorro da vizinha, das contas a pagar, do aluguel, das filas no mercado, da falta de tempo para nós mesmas, dos filhos, do marido que não nos compreende e mais uma infinidade de outras reclamações.

Reclamamos, reclamamos. Mas não chegamos a nenhuma solução para os problemas.

Sabem por quê? Porque não assumimos compromisso nenhum conosco nem com os outros para pararmos de reclamar. Então, continuamos reclamando pela vida afora.

Para que você entenda melhor o que estou dizendo, vou contar um fato corriqueiro que aconteceu comigo. E que serve bem para você perceber o valor de um compromisso verdadeiro, quando se quer resolver qualquer problema.

Tenho em meu quarto tudo de que necessito para meu uso pessoal, e que normalmente uma mulher precisa usar no dia a dia. Procuro manter tudo organizado, pois sei onde encontrar cada coisa rapidamente. Mas, toda vez que estava atrasada, não conseguia encontrar nada. Alguma de minhas filhas havia usado, levado para seu quarto ou colocado fora do lugar.

E o mesmo acontecia em meu escritório. Era só uma delas precisar fazer algum trabalho para a escola e vupt! Sumiam com meus papéis, borracha, régua etc.

Não preciso dizer quantas foram as vezes em que, enfurecida, eu reclamava.

Até que, certo dia, conversando com um amigo, ele sugeriu que eu trancasse minhas coisas e que só assim minhas filhas se desacostumariam de usá-las.

Assumi com ele o compromisso de parar de reclamar e resolver o problema. Fechei tudo e quem passou a reclamar foram minhas filhas.

Expliquei a elas que de nada adiantariam suas reclamações e deixei bem claro que não abriria mão de minha decisão. Consegui, então, que elas assumissem, comigo, o compromisso de ter suas próprias coisas em ordem.

Funcionou. E paramos com todas as reclamações a respeito desse problema.

Tenho notado que, ultimamente as pessoas têm reclamado muito da falta de tempo para si mesmas e que os outros absorvem grande parte de seu dia. Se isso acontece com você, é porque está dando força para que essas pessoas usem e abusem de sua bondade e paciência.

Procure assumir o compromisso de parar de reclamar com alguém a respeito disso. Reserve uma hora só para você e não abra mão por ninguém nem por nada.

Perceberá que os casos urgentíssimos dos outros nem sempre são tão urgentes. Durante o ano serão raras as vezes em que você precisará desistir de sua horinha por causa de algum acontecimento que necessite de sua decisão imediata e urgente.

Esses foram apenas algums exemplos de como podemos conseguir parar com uma reclamação. Mas existem inúmeros outros.

Para quase toda reclamação existe uma solução. Cabe a você descobrir as soluções para suas queixas. Ou, então, se não tiver mesmo jeito, pare de reclamar.

## Levante a bandeira branca da paz

"Nossa casa está colorida e cheia de brilho. Não apenas pelas luzes de Natal, mas também pela luz que Deus está refletindo sobre nossa família"

Em todas as guerras e grandes batalhas, o dia de Natal é respeitado e todos os soldados fazem uma trégua, param para descansar, refletir, fazer suas orações. É o dia em que todos devem pensar na paz que deveria permanecer sempre em seu coração.

É o dia em que todos devemos perdoar nossos inimigos e, por que não, rezar por eles também, para que Deus lhes dê sabedoria a fim de refletirem sobre suas crueldades e abram sua consciência para que entre a luz do amor e da bondade.

Para as crianças é um dia de expectativas e alegrias, quando elas esperam ansiosamente seus presentes de Papai Noel. Assim, temos a obrigação de transformar esse dia num clima de festa, de alegria, e participar do entusiasmo delas.

Afinal, elas, com sua pureza, sua luz e brilho interior, devem ser poupadas dos conflitos alheios e da maldade de certos adultos.

Devemos colorir, enfeitar e colocar música dentro de nossos lares, pois esse é um dia a ser comemorado num ambiente de harmonia e união familiar.

Minhas melhores recordações são as de Natais passados quando eu esperava pela manhã do dia de Natal para verificar se Papai Noel não havia se esquecido de mim ou de minha família.

Graças a Deus, Papai Noel nunca me decepcionou. Sei que meu Papai Noel passou por muitas dificuldades, mas ele nunca deixou de colocar sob nossa árvore nossas lembrancinhas.

Agora chegou a minha vez de fazer o papel de Papai Noel

para que minha pequena família possa ter sempre boas recordações dessa época de criança.

Mesmo estando vivendo com as economias de meu pai aposentado, nossa casa está colorida, enfeitada e cheia de brilho, não apenas pelas luzes da árvore de Natal, mas também pela luz que Deus está refletindo sobre nossa família.

Para muitos adultos, o Natal pode ser um dia triste pela lembrança dos entes queridos que já se foram. Mas temos condições de transformar essas recordações em algo positivo.

Se existem esses pensamentos é porque tivemos o privilégio de vivenciar momentos de ternura e de amor com essas pessoas. E podem ter a certeza de que, onde quer que estejam, elas querem ver alegria no coração daqueles que lhes foram importantes e significaram muito em sua vida terrena.

Levante a bandeira branca da paz e festeje com alegria esse dia do ano.

Se você se sente só ou isolada, procure alguém que possa estar nas mesmas condições. Aproxime-se das pessoas que estão sempre dispostas a lhe dar a mão, para comemorarem juntas algumas horas de solidariedade, carinho e amizade.

Ou então procure lares pobres, crianças necessitadas, corações famintos de seu carinho.

Não se preocupe em dar presentes caros ou coisas materiais. O mais importante é compartilhar momentos de ternura com todos os que estão ao seu redor.

Deixe fluir em você sentimentos bons, positivos, de confiança no ser humano, mesmo que esteja terrivelmente magoada. Isso só lhe fará bem e lhe trará paz de espírito, que é o seu verdadeiro tesouro e a chave para sua felicidade.

Tenho passado por momentos de muita luta, enfrentado muitas pessoas maldosas.

Tenho lutado para resgatar meu autorrespeito e minha dignidade. Tenho sofrido bastante.

Minhas filhas estão amadurecendo e começando a perceber os verdadeiros valores da vida. Estamos desenvolvendo nossa capacidade de abrir um espaço dentro de cada uma de nós, para deixar entrar apenas o amor, o carinho, a união e a amizade daqueles que nos apoiaram e daqueles que nos querem bem.

Devo admitir que não foram muitas, mas serão as pessoas com as quais certamente poderemos contar para o resto de nossa vida.

Desejo a você que cada dia de sua vida seja como este dia de Natal, festejando com toda sua alegria de viver, paz de espírito, harmonia e felicidade dentro de seu coração, minha querida leitora.

# O coração e a razão

"Para tudo na vida deve haver um equilíbrio. Basta observarmos a natureza"

Certa vez me perguntaram, se tivesse que optar entre a razão e o coração, qual seria a minha escolha. Perguntinha difícil, não?

Se escolho a razão e deixo de lado os desejos de meu coração, me sinto infeliz e acabo me tornando um ser racional. Se escolho o coração, sem ouvir a voz da razão, sofro as consequências por ter me deixado levar pelas emoções.

Sei que não podemos seguir a vida guiadas somente pelo coração. Mas também teríamos uma existência muito fria e sem sabor se nos guiássemos apenas pela razão. Por outro lado, seguindo apenas nossas emoções e nossos instintos, seríamos como os animais: totalmente irracionais.

Ufa, que opção difícil!

Entretanto, devemos nos lembrar de que a vida é construída com tijolinhos de bons e maus momentos. Quanto mais tijolinhos de bons momentos conseguirmos armazenar, maior será a nossa felicidade.

Por isso, não deveríamos desperdiçar alguns momentos de prazer ou de gostosa emoção por causa da razão. São esses momentos que, congelados na memória, servem para ser descongelados e relembrados sempre que nos sentimos com o astral baixo. São as lembranças desses momentos que servem para levantar o nosso astral e melhorar nosso humor. Carregadas com um grande suprimento de bons momentos congelados, teremos mais energia positiva e muito mais disposição para enfrentar a vida e o dia a dia.

A maior parte de nosso tempo é conduzida pela razão, e não

poderia ser diferente, já que somos seres racionais. Mas daí a racionalizar todos os nossos atos e atitudes é querer ser como os robôs mecanizados, não é?

De qualquer maneira, penso que é muito difícil responder qual seria a melhor opção entre o coração e a razão, pois depende muito das circunstâncias, da hora e do momento em que temos de fazer realmente essa escolha.

Para tudo na vida deve haver um equilíbrio. Basta observarmos a natureza. Por isso, devemos tentar equilibrar nossas ações como uma balança: de um lado o coração, os sentimentos, as emoções, os instintos; do outro lado a razão, as responsabilidades e a satisfação para a sociedade em que vivemos.

Mas é o nosso esforço, na tentativa de manter o equilíbrio nessa balança, que torna a vida tão fascinante.

Para algumas pessoas a balança pende mais para o lado das emoções. Para outras, pende mais para o lado da razão. Pessoalmente, sou muito mais coração.

## Abaixo os grilos da adolescência que nos impedem de ser felizes

"Ter maturidade é assumir o que somos e quem somos, e saber tirar daí o que a vida nos oferece de bom"

Na adolescência, sentimos vergonha de tudo. Do bairro em que moramos – se for inferior ao dos amigos. De nossa casa – se não for menor do que gostaríamos. De nossa roupa – se havia pertencido à irmã mais velha. De nossa pele, de nosso rosto, de nosso corpo – se não for como o das modelos das revistas.

Que droga! Talvez sejam os melhores anos de nossa vida e, no entanto, lá está a vergonha atrapalhando tudo. Quantas vezes dizemos: "Odeio meu nariz". Sem saber o significado verdadeiro da palavra ódio. Quantos erros cometemos na juventude. Como desperdiçamos, enfim, nossa juventude.

Nessa época, sejamos francos, ninguém valoriza o que tem. E os homens são tão inseguros quanto as mulheres. Eles que venham dizer que não! Na juventude, pensamos apenas no que está faltando. É uma pena. Só mais tarde percebemos o quanto "éramos felizes e não sabíamos" – parafraseando o samba imortal de Ataulfo Alves.

Muita gente pensa, erroneamente, que ter maturidade é demonstrar que está envelhecendo. Ora, não é nada disso. Ter maturidade é assumir *o que* somos e *quem* somos. E saber tirar, a partir daí, o que a vida pode nos oferecer de bom. Ter maturidade é ganhar a coragem para assumir nossas fraquezas, erros e imperfeições. Sem a vergonha e os bloqueios que nos impedem de ir adiante.

Quantas besteiras, pois é, cometemos na juventude. Quantas lágrimas bobas e quão "infelizes" nos sentimos por tão pouca coisa.

Imaginem que eu tinha vergonha até de meu sobrenome

de solteira, que é Pássaro. Na escola, quase enlouquecia. Durante a chamada na classe, era só o professor perguntar por mim e alguém logo respondia: "Voou... voou..." Os colegas não deixavam mesmo barato e viviam se divertindo com o meu sobrenome.

– Oi, Pássaro, cadê a gaiola?

– Queridinha, onde você esconde o passarinho?

– Pássaro, você nasceu em berço ou gaiola de ouro?

– A sua família mora em casa, apartamento ou viveiro?

Os professores? Nem deles eu escapava. E todos riam e riam à custa de meu – então muito incômodo – sobrenome.

Poxa! Será que não tinham outro sobrenome para me botar? Eu disse botar do verbo botar mesmo. Quem sabe Iris Crocodilo, Iris Avestruz? Ah...

Acredito agora que não. Certamente seria pior. Melhor seria – e é – aprender a conviver, sem grilos, com meu sobrenome. E querem saber de uma coisa? Hoje eu até me orgulho dele. Como também me orgulho do bairro, da rua, da casa onde vivi. E me orgulho das pessoas vizinhas, dos amigos e de toda a minha infância e juventude.

E pensar que um dia eu achei que "odiava" meu sobrenome. Pois é. Quantas besteiras a gente comete na juventude. Hoje eu penso que, se chacoalhar bem a minha árvore genealógica (aquela que você pesquisa para saber quem foram seus antepassados), quem sabe não voe dela um Pássaro ilustre. Quem sabe?

## Somos todos preconceituosos

"Se você se veste com simplicidade, é julgada como uma caipira de mau gosto. Se está usando boas roupas, acham que você é uma nova-rica querendo se exibir. Não existe saída. Vista-se para agradar a si mesma"

Seria muita hipocrisia não admitir que todos nós temos certos preconceitos. É difícil deixar de formar uma opinião antecipada logo que olhamos para alguém. Pela maneira de vestir, pelo modo de andar ou olhar, fazemos um julgamento precipitado – que pode estar totalmente errado.

Eu mesma já sofri vários tipos de preconceitos. Recentemente, por exemplo, perguntei a um colega que estava fazendo um curso comigo o que ele havia pensado de mim assim que me viu.

Com toda sinceridade, ele respondeu que, ao me ver entrar na sala de aula pela primeira vez, olhou o meu crachá com o sobrenome conhecido e pensou: "O que será que essa dondoca, metida a besta, veio fazer neste curso? Provavelmente deve ser uma cabeça-oca que não tem nada para fazer na vida e veio gastar o tempo aqui, tirando o lugar de outra pessoa".

Demos boas risadas. Mas foi ele quem me fez perceber que estamos sujeitos a todo tipo de discriminação.

Basta ter um sobrenome conhecido e lá vem preconceito. Se você se veste com simplicidade, é julgada como uma caipira de mau gosto. Se está usando boas roupas, acham que você é uma nova-rica querendo se exibir. Como não existe saída, o jeito é cada um se vestir de acordo com sua vontade, sem a responsabilidade de agradar a ninguém – a não ser a si mesma.

Quando resolvi trabalhar e escrever para a revista *Contigo*, acharam que eu estava tendo um ataque duplo de loucura. Primeiro, porque resolvi trabalhar. "Para quê?", perguntavam. Segundo, pela revista escolhida. "Poxa, mas *Contigo!*? Por que você não escreve para uma revista mais intelectualizada?" Eu respondia, com senso de humor, que não tinha a pretensão de tirar o emprego do Millôr Fernandes na revista *Isto É*. Só estava querendo trabalhar.

Ora, os preconceitos! São mesmo muitos. Contra as mulheres no trabalho, por exemplo. Os homens não gostam de admitir que o "chefe" seja uma mulher. Existe também o preconceito do empregado em relação ao patrão. "Eu trabalho para ele ficar mais rico", dizem, sem se dar conta de que, quanto mais a empresa crescer, mais chances terão de progredir e subir na vida.

Existe discriminação contra mulheres, mulheres feias, mulheres descasadas, homens solteirões, homossexuais, contra pobres e ricos.

Mas todos esses preconceitos são pequenos se comparados com a intolerância, o ódio em relação a outra raça, cor ou religião. Agora existe até a rejeição às pessoas – inclusive crianças – contaminadas pela aids!

As consequências dessas discriminações são trágicas, violentas. Temos a obrigação de entender que somos todos herdeiros desse mundo e devemos viver com mais respeito ao próximo.

## A mulher de Silvio Santos conversa francamente com nossas leitoras

"Se ao menos os homens pudessem entender que nós, mulheres, não queremos desafiá-los, não queremos competir com eles, mas sim ajudá--los a construir lares mais positivos e felizes"

Muita gente deve estar perguntando por que resolvi trabalhar. Afinal, muitos me consideram uma dondoca, coisa que, juro, não sou.

Mas, por que trabalhar?

Primeiro, porque os que me conhecem bem sabem que sou uma jornalista frustrada, por não ter concluído a faculdade. Engravidei e tive de trancar a matrícula... que nunca mais foi destrancada. Depois, porque vou ter oportunidade de ganhar meu próprio dinheirinho. Uau!!! Que incrível sensação de orgulho, autoconfiança, realização pessoal!

As mulheres casadas, que só trabalham em casa 365 dias por ano, sem direito a férias e sem remuneração, entendem bem o que digo. Afinal, todas nós sabemos que a maioria dos maridos quando briga com a mulher, logo corta sua mesada ou encerra sua conta bancária. Aí, apesar de toda sua força moral, intelectual, a mulher só consegue se sentir humilhada, impotente, um lixo!

Lógico que meu caso não é diferente. Aliás, acho que as mulheres que não admitem que isso acontece com elas mentem.

Sem radicalismos, vamos tentar analisar esse comportamento masculino juntas para mais bem entendê-lo.

Quando ainda vivia em cavernas, o danado do homem já pretendia dominar a mulher. Nesse tempo pré-histórico, a mulher era usada sexualmente à força e por qualquer um. Não reagia fisicamente, pois era mais fraca. E, quando uma criança nascia, ela a amamentava por puro instinto maternal.

Mas o homem decidiu ter uma mulher só para si. Ele deu-lhe umas pauladas, uns sopapos e fechou-a em sua caverna. Agora era sua propriedade. Pobrezinho, não percebeu a encrenca em que estava se metendo...

Vieram as crianças e o homem, como "o mais forte", já que a mulher era "fraquinha", teve de sair para caçar e sustentar a família. Ele, que antes era só prazeres, aventuras e necessidades próprias, agora tinha de batalhar pelos outros.

Deve ter sido aí que o homem percebeu que tinha caído numa armadilha e quis vingança. A partir de então, era só a mulher falar ou respirar na hora errada e lá vinha paulada!

Subjugada, a mulher esteve quieta por séculos. Porém, lentamente recomeçou sua luta pela conquista de espaço. Estudando, lutando, pesquisando, chegamos ao que hoje somos. Não há trabalho que o homem faça que a mulher não possa fazer.

E agora, onde anda o sexo forte? O todo-poderoso? Anda perdidão, sem saber como retomar o controle sobre a mulher. Alguns a chantageiam usando os filhos, outros usam a humilhação e o dinheiro como armas. Em casos mais primitivos, partem para a pancadaria. Que pena!

Se ao menos os homens entendessem que as armas mais eficientes para a "dominação" são atenção, amor, carinho e compreensão. Se ao menos entendessem que não podemos levar a culpa de seus conflitos internos e externos. Se deixassem de lado o estigma de sexo forte e abrissem conosco o coração, dividindo conosco tensões, angústias, ansiedades e tristezas. Se entendessem que não queremos ser feministas, mas sim femininas. Se ao menos entendessem que crescemos, não para desafiá-los e competirmos com eles, mas para que todos juntos possamos construir famílias e lares mais positivos, harmônicos, felizes.

Quando o homem entender tudo isso, teremos um mundo de mais compreensão, igualdade, paz e amor.

## Mãe moderninha? Sei

"Esforcei-me para ser uma mãe compreensiva e permiti que minhas filhas saíssem sozinhas, tarde da noite. Nunca me arrependi tanto de uma decisão..."

Tudo em paz. Anoitece e sinto uma tranquilidade que há muito não sentia.

Preparo-me para dormir quando ouço barulho no quarto de minhas filhas mais velhas. Vou até lá e vejo que estão se arrumando para sair. São 23h30.

Seria tão melhor se elas estivessem de pijama, prontas para dormir.

– Será que vocês não poderiam ficar em casa hoje? – pergunto, sem imaginar todos os argumentos que teria que engolir goela abaixo nos vinte minutos seguintes.

– Ora, mãe, que caretice! Toda a turma vai se reunir e você está querendo nos prender em casa – exagera a mais velha.

– Poxa, todas as mães de nossas amigas são superlegais e não ficam criando problemas quando elas saem – tenta me convencer a mais nova, fazendo com que eu me sinta um matusalém fora de época.

E eu ouvindo, tentando manter a calma. Depois de muita ladainha, argumentei:

– Esperem um pouco. Eu apenas perguntei se não poderiam ficar "hoje" em casa. Só hoje, não o resto da vida. Afinal, vocês bem que poderiam ter saído mais cedo e a esta hora já estariam voltando para casa.

– O queeeeeê? Mais ceeeeedo? Mãe, se liga. Nenhum lugar tem vivalma antes da meia-noite. Qualquer mãe está por dentro disso e entende perfeitamente. Por que você não consegue nos entender?

E me esforçando para ser a mãe compreensiva e moderninha cedo a todos esses apelos choramingantes.

Lá vão elas. E lá fico eu torcendo para que voltem logo.

Mas tenho o leve pressentimento de que nem todas as mães são tão moderninhas e de que esse tipo de diálogo deve existir em todas as casas onde habitam essas irrequietas adolescentes.

Perco o sono. Pego um livro para ler enquanto espero pela volta delas.

Sento-me no terraço e escuto um ruído. Vou dar uma olhada e vejo um gato preto. Mau sinal. Não sou muito supersticiosa, mas, como estou ansiosa, fico preocupada.

Olho no relógio: 01h30 da manhã. Elas bem que poderiam voltar mais cedo.

E aquele gato preto. "Será que está acontecendo algo ruim?"

Penso em ir até lá dar uma olhada. Escondido, é claro, pois se elas me vissem na certa eu seria fuzilada.

Não, não vou me expor ao ridículo. Mas não dá para continuar lendo, e então pego o carro. Vou até o lugar onde elas estão, só para dar uma "espiadinha". Estaciono e vou a pé para não ser vista.

Lá estão todos conversando e rindo animadamente. E, o que é mais importante, em segurança. Sinto-me uma espiã, uma intrusa, xereta e bisbilhoteira. Péssima, porém mais tranquila, volto para casa.

Vou até a cozinha, pois o calor está insuportável e eu morta de sede. Acendo a luz e um besouro enorme voa em minha direção. Saio berrando, tropeço num balde que cai e derruba algumas garrafas vazias.

Essa barulheira toda acaba acordando minhas filhas menores, que se levantam assustadas.

Desisto do livro e penso que esse é o preço que toda mãe moderninha tem que pagar. Por que fui permitir que saíssem de casa? Que fraca eu fui. Deveria ter sido mais enérgica.

Mas era tarde para arrependimentos. O jeito era continuar esperando... Enquanto isso, àquela altura da madrugada, contava historinhas para as outras duas pegassem no sono.

Finalmente. Felizmente, alegremente e outros mentes mais... as mais velhas chegam.

Agora estavam todas em casa e eu poderia dormir com tranquilidade.

Pura ilusão! De repente, começaram todas as quatro a discutir. As pequenas porque estavam com sono e irritadas. As maiores por causa de fofocas que fizeram uma da outra durante a reunião com os amigos.

Enlouquecida, cansada e sonolenta, berrei para que todas fossem dormir.

Quer saber de uma coisa? Acho que dou razão aos psicólogos que são a favor de, às vezes, um belo berro. Acaba com qualquer problema pela raiz. No ato!

## Pulando na alegria

"Meu Carnaval vou passar a bordo de minha jangadinha *Alegria*. Isto é, se até lá não pintar um convite melhor... Se isso acontecer, largo tudo e embarco em outro navio..."

Com a chegada do Carnaval, parece que a alegria é obrigatória. É imperdoável ficar triste, ser avesso a confusões e não participar da folia geral.

O Carnaval é uma tradição brasileira que deve ser respeitada. Mas nem todos gostam de passar esses dias pulando, gritando e cantando. Muitos preferem se refugiar em lugares mais tranquilos, longe da confusão.

Não é crime não gostar de Carnaval, mas poucos têm coragem de admitir, pois para os foliões seria um sacrilégio. Na verdade, esses dias são deles. Mas isso não quer dizer que todos têm a obrigação de cair na folia.

Como não somos dotados de um botãozinho que faz "clic..." e nos transforma de uma hora para outra, o jeito é curtir este período da maneira que for melhor.

Para alguns, a grande alegria é ter esses dias para fazer apenas o que se quer. Não importa: dormir, ler, assistir à tevê...

Mas, verdade seja dita, o carnaval é uma festa contagiante, e mesmo aquelas pessoas tímidas e pacatas acabam se soltando e caindo na folia. Muitos não conseguem uma alegria natural e espontânea, então apelam para a alegria artificial da bebida. Ficam eufóricos e fingindo que estão felizes até o efeito do álcool passar. Depois, caem numa ressaca e numa fossa de dar pena.

Numa hora dessas, o mais sisudo e respeitável cidadão pode fazer as maiores macaquices sem ter a menor consciência disso. Toma umas "biritas" a mais e cai na gandaia numa boa, sem pensar duas vezes. Coisa que em estado normal essa pessoa jamais faria.

Em toda minha vida apenas uma vez tomei um grande porre. Foi o suficiente. Perdi a noite, tive que tomar quatro comprimidos para sintomas de ressaca, enxaqueca e enjoo para, então, conseguir tirar os 100 quilos de chumbo que pesavam sobre a minha cabeça. Nheca...

Depois dessa péssima experiência, decidi que o melhor mesmo é curtir a vida com mais lucidez e menos álcool.

Ah! Estou me lembrando do meu sobrinho... Outro dia ele chegou em casa tropeçando e batendo pelas paredes. Quando minha mãe e minha irmã perceberam que ele estava num pileque daqueles, quase piraram.

– Meu Deus! Ele vai se tornar um alcólatra... Chame um médico... Vou fazer café forte... Como ele pôde fazer isso? Quem mandou beber tanto? O que o pai vai dizer quando souber? – metralhavam as duas, com exagero. Afinal, ele está com 13 anos, e aquele havia sido seu primeiro pilequinho de adolescente. Nessa fase, esse tipo de coisa é muito comum.

Voltando ao Carnaval – uma festa que envolve muito riso, muita alegria e muita bebida –, vamos tentar ir devagar ao pote, ou melhor, ao copo.

Se você estiver com muita sede e com muita vontade de se liberar um pouco, beba apenas o suficiente para dar uma relaxada. Mas cuidado: não vá se embebedar a ponto de perder a festa e ficar caindo por aí.

Cuide-se bem e passe o Carnaval da melhor forma para estar feliz. Você merece.

Quanto a mim, vou passar o meu Carnaval na minha jangadinha *Alegria*. Acho o nome muito delicioso.

Eu cuido da *Alegria*, lavo a *Alegria*, passo parafina na *Alegria*, monto o mastro e as velas da *Alegria* e dou grandes bordos na *Alegria*. Outro dia, capotei com a *Alegria* e fiquei um bom tempo sentada no casco, com as velas viradas para o fundo do mar. Depois tomei fôlego e consegui desvirá-la. Que alegria!

De tanto falar na minha jangadinha *Alegria* me sinto alegre. Por isso, este Carnaval passarei pulando na *Alegria*, além de dar bordos, ajeitar adriças, retrancas e birutas...

Se não houver algum convite melhor, é claro... Se isso acontecer, largo tudo e embarco em outro navio.

## Os homens são culpados de tudo

### "Será que eles não se contentam com uma vida menos faustosa, mas com mais qualidade para poderem desfrutar mais de pequenos prazeres?"

Conversando outro dia com Pedro, um funcionário lá de casa, perguntei se ele sabia quais eram as maiores reclamações das mulheres, ultimamente. Como sei que a esposa dele é manicure, queria descobrir qual o assunto que elas mais discutem enquanto fazem suas unhas. Além da falta de dinheiro – sempre um dos maiores problemas de todo brasileiro –, ele me respondeu que o que mais está afligindo as mulheres é a agressividade dos maridos. Parece que a violência tem aumentado muito nos últimos tempos.

Continuando a conversa, Pedro me explicou que mesmo os homens mais pacíficos – que acordam cedo, vão para o trabalho na tentativa de ganhar o pão-de-cada-dia honestamente, pegam condução e precisam andar diariamente pelas ruas – sofrem todos os tipos de violência, angústia e tensão.

Chegando em casa, está ficando cada vez mais difícil manter o bom humor e a disposição para agradar à família.

Além de tudo isso, sentem a insegurança e o medo constante de perder o emprego e não poder sustentar a casa, pagar aluguel, contas, impostos – cada vez mais altos – e todas as despesas que já conhecemos.

Por isso, algumas vezes, até agridem a mulher ou os filhos, como forma de descarregar toda a tensão acumulada durante o dia. Depois, chegam a se arrepender, pois reconhecem que a mulher e filhos não são os verdadeiros culpados por essa longa crise que todos estamos enfrentando.

Meu funcionário mesmo percebe que está ficando muito difícil ignorar essas dificuldades e viver como se tudo estivesse em paz.

Comecei, então, a pesquisar e notei que são os próprios homens que estão contribuindo para aumentar todos os conflitos em nosso planeta. São eles que provocam maior número de crimes, assaltos, mais acidentes no trânsito, estão envolvidos em todos os tipos de corrupção e desordem de modo geral.

A realidade está sendo cruel e todos nós estamos vivendo um período de transição e conflitos. Mas os homens devem admitir que estão sendo os maiores causadores de toda a crise de violência que estamos enfrentando. Estão se tornando cada vez mais gananciosos, com mais sede de poder, sem se preocupar com o que possam estar provocando com essas atitudes.

Parece até que os valores estão mudando. O que antigamente era considerado virtude, hoje se vê como um sinal de fraqueza. As pessoas honestas e trabalhadoras acabam por se achar injustiçadas perante tantas dificuldades que precisam enfrentar para ganhar a vida decentemente.

Fico imaginando aonde os homens pretendem chegar com tantos abusos – em todas as áreas e setores do mundo inteiro e não só aqui no Brasil.

Será que não se contentam com uma vida menos faustosa, mas com melhor qualidade para poder desfrutar mais de pequenos prazeres?

Não temos nem mais liberdade para fazer um passeio descontraído à noite, após o jantar, que seria um direito de qualquer cidadão. Nossos filhos precisam ficar trancados dentro de casa, enquanto vamos trabalhar, pois além da violência, os homens estão usando suas máquinas malucas indevidamente e correm como loucos em seus carros, motos etc.

Dizem que tudo que o homem faz – todas as suas lutas, desejos e ambições – é para agradar as mulheres. Se isso for verdade, podem mudar de tática, pois, além de não estarem agradando, estão provocando muitas confusões e gerando muito pânico entre as pessoas de bem.

Portanto, cabe apenas aos homens reverter esse processo para tornar nosso mundo mais amigável. Mais importante que um punhado de dinheiro, que uma posição de grandeza ou de poder é viver com mais dignidade e respeito em relação a si mesmo e ao semelhante.

## Apenas um monte de ferro velho

"A única coisa que não consegui mudar nestes últimos anos foi meu carro. Parece até que ele está encantado e – pela idade que tem – já está prestes a se tornar uma raridade"

Todos os carros roubados de conhecidos meus desapareceram. Sumiram e nunca mais foram encontrados. Entretanto, quando ganhei o meu, há oito anos, tive o privilégio de receber o único carro à prova de qualquer coisa, até de ladrão.

Detesto rotina, procuro levar uma vida bem diversificada e mudar tudo sempre que possível. A única coisa que não consegui mudar nestes últimos oito anos foi meu carro. Parece que está encantado e – pela idade que tem – já está se tornando uma raridade.

Já estouraram o vidro e desintegraram o painel três vezes para roubar o toca-fitas. Desisti de ouvir minhas músicas prediletas a bordo dele durante um bom tempo. Mas depois, para ludibriar os gatunos, mandei instalar um toca-fitas dentro do porta-luvas.

Quando estava dirigindo e resolvia ligar o dito-cujo, tinha que fazer vários movimentos de contorcionismo para alcançá-lo. Além do desconforto, não era nada prático.

Recentemente, enquanto estava viajando, o motorista lá de casa estava estacionando a "relíquia" quando dois assaltantes armados encostaram o revólver em sua cabeça, fizeram com que ele descesse e partiram em disparada, levando o carro e deixando o pobre homem a pé, parado e com as mãos na cabeça.

Assim que entrei no meu quarto do hotel, notei o pisca-pisca do telefone avisando que havia mensagem. Liguei para a telefonista e recebi o recado para que ligasse com urgência para minha casa, em São Paulo.

Liguei, claro, e quem me atendeu foi uma de minhas filhas, que, atropelando as palavras, contou-me o que havia ocorrido. Perguntei se nosso motorista estava bem, se não havia sido machucado e todas as perguntas que a gente faz nessas situações.

Desliguei, depois de acalmar as pessoas, e então pensei: "Finalmente me livrei daquele abacaxi".

Não fiquei triste, pois visualizei a possibilidade de ter outro carro, novinho em folha, "zerinho", de outra cor, outra marca, outro jeito, outro tudo. Continuei desfrutando de meus merecidos passeios e no dia seguinte, logo ao entrar no meu quarto, novamente o "bendito" pisca-pisca das mensagens. "Chamada urgente de sua casa. Favor ligar urgente".

"Que será agora?" – pensei. Ligo correndo, e quem atende é minha mãe.

"Fique tranquila, minha filha" – aconselhou-me ela. – "Seu carro foi encontrado e já está aqui em casa."

O quê!?! Tranquila!?! Fiquei louca da vida! Por que cargas d'água o meu carro foi encontrado?

"Que vergonha!" – pensei. – "Nem os assaltantes quiseram ficar com ele." Voltando de viagem, abro o portão e a primeira coisa que vejo é aquele utensílio velho de quatro pneus.

"Está bem, seu engraçadinho" – converso com ele baixinho para não pensarem que sou louca. – "Tudo bem, quer continuar comigo? Ok! Mas, a partir de agora, vou transitar pelas ruas mais esburacadas, passar sem brecar por todas as lombadas, até você soltar todos os seus parafusos e se desmanchar todinho!"

Assim fiz eu. Agora, quando fico sabendo de algum lugar que

costuma haver alta incidência de roubos de carros, lá vou eu, feliz da vida. Estaciono tranquilamente, com todos os vidros abertos "esqueço" a chave no contato. Mas não adianta. Quando volto, lá está ele a me zombar. "Viu? Ainda sou todo seu" – parece que me diz sarcasticamente.

Decidi escrever este texto, pois talvez algum produtor de cinema o leia e queira contratar meu carro. Afinal, com tanto senso de humor, ele é realmente uma raridade. Nesse dia, então, o meu companheiro de longa jornada partirá definitivamente (espero!) para se tornar um grande astro. O danado até que leva jeito.

## Homens que apanham de mulheres

"Nós, mulheres, somos gentis, dóceis, amorosas e pacíficas. Entretanto, aqui vale um pequeno recado: 'Não nos provoquem!' e tudo será perfeito"

Sabemos que existe agora uma delegacia onde as mulheres têm o direito de reclamar quando sofrem qualquer tipo de agressão física ou moral. Essa delegacia tem dado maior segurança às mulheres que necessitam de proteção contra atos de violência.

Mas e os homens que apanham, como ficam? E olha que não são poucos... Nem sei por que ainda não criaram uma delegacia só para os homens. Talvez porque tenham percebido que seria de uma total inutilidade. Já que os que apanham de sua mulher jamais iriam fazer uma denúncia desse tipo.

Não tenho conhecimento de nenhum homem que tenha ido dar queixa por ter apanhado da mulher. Enquanto as mulheres que apanham botam a boca no trombone, berram, gritam, esperneiam e até vão à delegacia se for preciso, os homens podem até levar uma boa surra... mas ficam caladinhos.

É óbvio que os homens possuem uma força física – eu disse *física* – muito maior do que a de uma frágil mulher.

Então, por que será que a maioria deles, quando apanha, não devolve os tabefes nem comenta o assunto com ninguém? Sabem por quê? Eles apanham e ficam bem quietinhos, pois têm culpa no cartório e, quando levam uns sopapos da mulher, preferem arranjar desculpas esfarrapadas – nem sempre convincentes.

Recentemente, soube que uma amiga entrou numa conhecida casa noturna de São Paulo, localizou seu marido e viu que ele estava acompanhado (muito bem, por sinal). Não teve dúvida.

Tirou o sapato e partiu para cima dele feito uma onça. Depois, calçou o sapato novamente, virou as costas e saiu aliviada, deixando para trás um homem arranhado, cheio de hematomas e morto de vergonha.

Há bem pouco tempo, um velho conhecido meu apareceu com o lado esquerdo todo roxo e bastante inchado, dizendo que havia caído da escada, coisa e tal... Percebendo que uma simples queda da escada não deixaria ninguém tão sem graça e corado, fiquei curiosa para saber o que realmente havia acontecido (assumo que fui muito xereta).

Mas foi xeretando que descobri que a verdadeira causa foi uma cadeira atirada – com uma pontaria certeira – por sua mulher.

Foi por tomar conhecimento de todos esses fatos é que decidi, então, fazer uma pesquisa entre meus amigos e conhecidos. No final, foram as mulheres mesmo que acabaram contribuindo com este meu bate-papo com vocês.

Uma delas contou que seu marido era jogador e passava horas numa mesa de jogo.

Além de não perceber o tempo passar, voltava para casa já quase com o dia amanhecendo, sem dinheiro e ainda cheirando a bebida.

Isso durou anos – e a paciência dela se esgotou. Certa madrugada, seu marido estava entrando em casa – pé ante pé para não ser notado – quando foi pego de surpresa.

– Ele levou tamanho susto – contou-me – que ficou sem saber se fazia de conta que estava saindo ou assumia que estava entrando.

Furiosa, ela atirou todos os copos que estavam no armário (quase duas dúzias) no coitado.

– Felizmente – disse-me – eu tive péssima pontaria, e ele

conseguiu se desviar de todos. Mas que levou um belo susto, disso não tenho dúvida.

Fiquei sabendo de tantas histórias a respeito desse assunto que tenho a impressão de que todos os homens já apanharam de mulher alguma vez na vida.

Nós, mulheres, somos seres gentis, dóceis, amorosos e pacíficos. Entretanto, um pequeno recado: *"NÃO NOS PROVOQUEM!"* e tudo será perfeito.

# Gostinho de aventura

"A experiência de algumas fantasias pode renovar nossas energias e nossos sentimentos"

Geralmente os homens detestam entrar nas lojas com a mulher. Por isso, quando ela vai viajar com o marido e pode dispor de um dia sem ele, prefere gastá-lo para fazer compras tranquilamente.

Pessoalmente, entre passar horas dentro de lojas e a oportunidade de desfrutar uma aventura, escolho a segunda. Tive uma dessas oportunidades durante uma viagem, enquanto meu marido estava participando de uma convenção.

Sozinha, resolvi ir visitar a Alcatraz, uma ilha na baía de San Francisco, Califórnia, Estados Unidos, que havia sido presídio federal de 1934 até 1963 e onde estiveram presos os piores criminosos daquele país.

O céu estava nublado e o vento provocava marolas no mar quando cheguei ao porto. Entrei no barco que me levaria até a ilha e, para dar mais veracidade ao passeio, eles nos conduziram como se fôssemos verdadeiros prisioneiros.

Fomos recebidos por guardas uniformizados, e um deles nos avisou que aquela seria a última vez que estávamos tendo contato com o mundo civilizado. A partir dali, estaríamos isolados totalmente, pois não havíamos sido capazes de conviver no meio da sociedade.

Me senti uma criminosa, mas, assim mesmo, achei o máximo. Afinal, ali sozinha, seria interessante agir como se eu fosse realmente uma prisioneira.

Os motores do barco foram acionados, as amarras soltas e, à medida que a embarcação se afastava da costa, eu pensava em toda a minha vida e nas pessoas que jamais tornaria a ver novamente. Provavelmente esses eram os pensamentos dos prisioneiros naquele momento.

Chegamos e fomos recepcionados pelo "diretor" da prisão, que, com cara de poucos amigos, leu todas as regras a serem seguidas. Quem não as obedecesse seria punido devidamente.

Depois fomos conduzidos por aqueles que deveriam ser nossos carcereiros até as celas, e fomos colocados dois a dois dentro de cada uma delas. Automaticamente foram fechadas todas as grades ao mesmo tempo, provocando um barulho horrível. Permanecemos ali fechados por alguns minutos e, depois, novamente aquele barulho das portas sendo abertas.

Em determinado momento, me colocaram em frente a uma cela que parecia um cofre-forte. Era conhecida como "a solitária".

Imaginei uma quantidade de coisas. E se acontecesse um incêndio? – E se o guarda (ou guia) se afastasse e me esquecesse presa ali dentro? – Meu marido nem sonhava onde eu pudesse estar. Jamais pensaria em me procurar naquela ilha. Eu deveria ter deixado um bilhete.

De repente, ouvi um barulho da porta sendo aberta. Que alívio! Cheguei ao hotel e abracei meu marido como se houvéssemos ficado separados durante muitos anos. Sem dúvida, a experiência de algumas fantasias pode renovar nossas energias e nossos sentimentos.

Use sua criatividade para sair da rotina de vez em quando e sinta um pouquinho o sabor da aventura. Sua vida pode se tornar muito mais interessante. Experimente...

Este livro foi publicado em 2010 pela Companhia Editora Nacional.

Impresso em São Paulo pela IBEP Gráfica.